广告摄影基础

沈小滨 裴肇瑞

著

上海书店出版社

序

　　在如火如荼的商业竞争中，商业广告摄影扮演着举足轻重的角色，所有的企业从来没有像
这样重视广告图片的设计和拍摄。从企业形象的策划、产品型录、产品包装到各种广告媒
广告图片在其中起着极其重要的作用，这印证了业界对广告图片的评价：没有图片，难成
！

　　在现代社会里，广告无时不在我们的身边。不管我们是有意识还是无意识都在接受广告的
和熏染，并在相当程度上支配着我们的消费倾向和购买动机，它对于一个国家的经济发展
必不可少的支持作用。

　　在商品流通的市场上，广告摄影是生产企业、商人与消费者之间最直接的纽带，它是一种
摄影造型手段来展现有关最新产品信息的传播媒介。它常用于商品宣传海报、产品包装、产
录、大型图片展示。它属于广告媒介中的印刷类广告，可以被大量复制，具有广泛进入传
道的功能。

　　目前，市场经济主宰了我们的市场。在这样令人激动的形势下，愈来愈多的摄影人纷纷加
商业图片的拍摄中。设计公司、广告公司亦在人力资源的配置上特别重视对专业摄影师的
，而同行之间同样对彼此之间的举手投足予以极大的关注。相比之下，我们的摄影师队伍
能满足广告行业和企业的需求。具体表现在专业水平较低、设备不够精良、服务范围较窄
面。尽管目前大城市、沿海经济活跃的地区在广告图片拍摄方面有了飞速的发展，但相当
地区还处于较低的水准线上。

　　这本广告摄影基础是一套专业摄影丛书中的一本。编写本书的作者，从事广告摄影多年，
践中积累了一些经验，也对实践中遇到的问题给予了解答。编写这本小书的目的非常明确：
己多年从事广告摄影的经验介绍给大家，在与大家的交流中不断提高自己，为日益活跃的
经济市场提供更好的商业广告图片。

　　本书中的条目、内容都是较典型的，你可以举一反三地处理相近的拍摄内容。虽然说这些
经验之谈，但我们面对的是天天都有新产品出现的市场经济，有些产品虽说功能变化不大，
形构造、材质都与以往不一样，你不能墨守成规地来拍摄它们。或许，你的探索和经验能
们成为好朋友呢！

　　　　　　这本书，将使你走上一条全新的路。

　　　　　　这本书，但愿能在你的实际工作中助你一臂之力。

　　　　　　这本书，期望你记住它，特别是当你已经做得很好的时候。

　　　　　　　　　　　　　　　　　　你们的朋友　2003 年于哈尔滨

目　录

第一章　什么是广告摄影

广告摄影与其他的摄影门类不同，它兼有商业和文化双重属性。利用摄影手段，可以准确、真实地将欲出售的商品的外形、结构、质地、色彩展现在消费者面前，并具有高度的可信性。广告照片拍摄的成功与否，要看它在销售的环节中所起的作用有多大。若以纯艺术的观点来看一幅广告照片，也许它不是成功的。但是，由于它在市场上将商品销售出去的这个环节中，起到了引导消费的作用，所以我们就认为它是成功的，或者说它是一幅好的广告摄影作品。

广告摄影最早进入的是印刷品这种广告媒介。在这种媒介中，摄影艺术有了广阔的创作领域，在推进商品销售的市场中迅速地发展壮大起来，并随着时代的进步越来越丰富了自己的表现手法，特别是计算机技术对广告摄影更是起到了巨大的推动作用，这幅"草莓牛奶"图就是利用计算机的控制技术来完成的。广告摄影在现代社会中广泛地融入了人们的生活，是与人们日常生活联系最紧密的摄影艺术。E .H .贡布里希在1972年《科学的美国人》信息交流专刊中对于图像有如下精辟的描述：

"我们的时代是一个视觉的时代，我们从早到晚都受到图片的侵袭。在早餐读报时，我们看到新闻中有男人和女人的照片，从报纸上移开视线，我们又看到食物盒上的图片。邮件到了，我们开启一封封信，光滑的折叠信纸上要么是迷人的风景和日光浴中的姑娘，使我们很想去作一次假日旅游；要么是优美的男礼服，使我们禁不住想去定做一件。走出房间后，一路上的广告牌又竭力吸引我们的眼睛，试图挑动我们去抽上一支烟，喝上一口饮料或吃上点什么的欲望。上班之后更得去对付各种图片信息，如照片、草图、插图目录、蓝图、地图或者是图表。晚上回家休息时，我们坐在电视机这一新型世界之窗前，看着赏心悦目的或毛骨悚然的画面一幅幅闪过。即使在过去或在遥远的异国创造的图像，也能够比以往任何时候更快地接近公众——这些图像本来就是为公众而创造的。"

正是由于广告图片在市场上为推进销售并创造利润起到了极大的作用，所以广告主对广告摄影的创作资金投入往往是在所不惜。而广告摄影师也是最早地将最好的、最新的摄影器材应用在广告摄影的创作中，从而使人们看到了有别于其他摄影门类的、超凡脱俗的、化平淡为神奇的广告摄影作品。

第二章　广告摄影常用的器材

照相机

原则上任何画幅足够精密的照相机都可以用来拍摄广告照片。然而在实际的应用中，却决定了只有一部分照相机可以完美地完成广告图片的拍摄工作，这就是大画幅的单轨照相机。

大画幅的单轨照相机常用规格有：4×5英寸、5×7英寸、8×10英寸等。它们通常配用德国出品的罗敦斯德、施耐德的高品质、大像场镜头及近摄镜头，并且它们拥有丰富的系统配件。它们的很多功能是其他中小画幅照相机无法完成的。例如图。

当然，大画幅照相机及其附件的价格是很贵的，一般需要几万元以上人民币方可购入。若配置的镜头及附件较全，应该在十几万元或更多的投入。尽管价格很贵、整机重量大、操作复杂等情况限制了它在很多场合的应用，但由于其功能的

不可替代性，随着时代的进步，大画幅照相机已经发展到了数字化影像的新阶段。数码机替代了传统的感光胶片，计算机与 Photoshop 软件取代了暗房，较以往更加表现了无可比拟的杰出性能。

中画幅照相机也可以拍摄广告图片。特别是在拍摄运动中的题材时，大型机不便于取景与操作，而中型相机则有较大的优势。特别是中画幅自动聚焦机型的推出，使摄影师在拍摄运动中的主体时更能从容操作，将注意力集中在模特的表情上和构图上。

35毫米照相机拍摄后的画面较小（24×36毫米），难以制作大幅面广告印刷品和图片。但在制作画幅较小、对透视要求不是很严格的情况下也是可以的。特别是在有些连中画幅相机也不方便拍摄的场合，35毫米相机便是惟一的选择了。例如拍摄体育运动内容的广告图片时，

入射式测光表

测光表

反射式测光表

35毫米小型相机就比较得心应手，几百毫米的带有陀螺图像稳定装置的长焦镜头更是最佳选择！至于摄影师要拍摄动态模糊的效果则是另一回事。

测光表

由于广告摄影基本是选择彩色反转片来拍摄，而彩色反转片的曝光宽容度很小，恰当的曝光范围很窄，所以测光表就成了必须使用的工具。另外，测光表的测光方式多样化也是保证准确测光的重要原因。

测光表按测光方式分为入射式测光表和反射式测光表两种。

入射式测光表：入射光式测光表是测量照明被摄体的光线照度，所以也称为照度测定法。

由于测光表是按反射率为18%的标准被摄体为条件设计的。因而这种测光方式最适合人工光源棚内拍摄，因为棚内拍摄时的布光，是按照设计好的布光方案进行的。灯光师和摄影师布光时通常是不会将光比的运用超过5∶1的。当然，应用在阳光下的自然光照度测量也同样很好用。

这种测光方式测定值稳定，误差小，也比较简便。但是入射光式测光法不能准确测定画面内的高反射率的物体，画面内的发光物体也不能得出准确读数，如测定落日晚霞等内容。如何测定高反射率物体和发光物体的曝光值，我们将在"正负2.5EV值曝光法"一节里介绍。

反射式测光表：在相同的照度条件下，由于不同被摄体的反射系数不一样，同一只反射式测光表在测定白色物体和黑色物体时，所得到的读数值有很大的不同。在反射式测光表中，无论测定什么样反射系数的被摄体，其采样值均被转换成18%的中间灰加以计算而得出曝光数值。显然，要在各类的题材和各种拍摄条件下，熟练运用反射式测光表来读取并分析数值，是要具有一定的使用技巧和经验的。

反射式测光表比较适合于全部明亮或暗淡的被摄体的细节表现。这种测光表的测光范围是有一定角度的，通常有30度、20度等。5度至1度的反射式测光表，被称为点式测光表。在拍摄中，用点式测光表测量18%反射率的标准灰板获取读数，其测光参数比较客观地反映被测面的光值。在用入射式测光表有困难的拍摄场合下，18%标准灰板与点式测光表的结合运用，使你对拍摄现场各部分的亮度值有了充分的掌握，效果较为理想。

照明器材

摄影离不开光源。适当照度的光源是拍摄成功的技术保证。不同的光质描绘不同的题材，表现生动的肌理和质感。光源的面积，光源的强度，光源的距离，光源的色温。这一切，影响着作品的成败。这就是为拍摄提供照明的灯具。

光源分为连续性光源和频闪光源两种。

连续性光源通常指白炽灯、日光灯等人造光源。

频闪光源是指以脉冲形式发光的电子闪光灯。

光源与反射器具的合理组合就是灯具。

灯具有两大类

聚光式：最显著的特点是光质很硬，照明效果明暗反差强烈，明暗交界部分过渡明显。适合硬调的布光和部分照明。

散光式：具有柔和的光质，可以得到适中的反差。被摄体明暗交界部分过渡柔和。

聚光式和散光式灯具的反光器具都有好多的样式，所发出的光质

亦有较丰富的变化，可以适应各种场合下的拍摄，也有很多的摄影师自己动手制作更加特殊的光源反射器具来达到自己的目的。

背景材料

目前广泛使用的是背景纸，以卷筒的形式出售,规格有 (2.7m × 11m、1.1m × 1.6m) 等。

背景纸有各种颜色的和色彩渐变等式样，可以拍摄成如图所示的效果。如果你有了不落俗套的创意，大概背景很难选择成品来应用，也就得自己来解决了。因为天晓得你要什么样的背景材料，给你看看我的片子里的背景是什么东西吧。告诉你，只要符合设计与创意要求，大概什么东西都能成为你的背景材料。

利用特殊背景材料所拍摄的广告摄影作品

背景纸效果

背景纸效果

小工具

也许你觉得我们只与摄影器材打交道而与工具毫无相关吧？那你还是看看我介绍给你的工具好吗？

卷尺：可以用来测量相机的皮腔（像距）长度，从其读数来计算曝光的补偿系数。

用卷尺测量相机皮腔长度

牙科小镜：有时侯相机位置较高，用它来反射镜头的光圈、速度参数。

放大镜：可以用来调焦，还可以将相机的毛玻璃取下后，用它在焦平面仔细地观察被摄体的细部，你能看到被摄体上面很小的灰点和擦拭时留下的纤维物，挺管用。

气球与小毛刷：用放大镜看到的灰点和多余纤维物，是会影响拍片质量的。我们用气球吹一吹，小毛刷掸一下，效果非常好。当你将所摄底片扫描成了数字文件，那你在Photoshop中修图的时候可就轻松多了。

用牙科小镜来反射镜头的光圈速度参数

橡皮泥：这可是个好东西。当你布置一个圆球形或圆柱形的被摄体时，它们时常会很调皮的滚来滚去，是这样的吗？于是你捏一点点橡皮泥，放在你认为可以制止它们乱动的地方。还有，它可以帮你固定比较难以立起来放置的、细长的东西。

双面胶带：当拍摄贴有印刷品的产品时，你就要用双面胶带来粘贴那些标志和瓶标啦，这种胶带不会弄湿这些纸制品，还特别平展。

注射器：这可要选个头大一点的型号，我们用它来向酒杯、水杯里

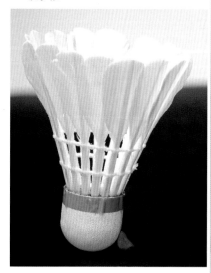

橡皮泥的使用

面加入如酒类等液体。你若直接向杯子里倾倒时，非常可能弄得很糟糕，液体弄湿了杯子壁和背景，而这足以让你恼火。

手电筒：无论在棚内还是棚外，你总是会碰到因为黑暗的环境，看不到照相机镜头上面的各种数值、摄影包内的器材，无法在笔记本上记录你的资料这些蹩脚的情况。一个小小的手电筒，会让你每次拍摄的时候想起它来，特别是棚外拍摄夜景的时候。

激光指示笔：这是一个能发出很亮的红色光点的东西，经常在学术交流会、课堂上作指示重点、提醒大家注意使用。而我们则常用来在拍摄现场做指挥棒，它可以告诉模特的表演位置、灯具的位置等。在棚内拍摄中，它也是用红色光点来指示被摄物体相互之间的关系。因为它很亮，也常用它来做联络工具。

剪子：和普通的剪子没什么区别，它可以用来修剪纤维类产品上的多余线头，将白纸板剪制成用来拍摄玻璃瓶装饮料类小型反光板。当然，你也可以用来剪其他的东西。总之，你一定得有它。

小夹子：在拍摄时装的时候，模特的体型未必与时装的规格相符。小夹子这个时候该出场了，比如你感到时装的腰部有点肥，那么你只要用小夹子在模特身后腰部多余的布料上夹上一点，也就免得动刀剪针线了。还有，小夹子在很多的地方都能用得上，只不过你要多预备几种大小不同的夹子罢了。

喷雾器：在饮料瓶上制造些水津津的效果，是很讨人喜欢的，无论是你的客户还是消费者。喷雾器干这个很在行，只不过你操作它的时候要动点脑筋，它离目标的远近、中心位置、力量(压力)都能形成不一样的水滴。你自己来试试吧。

竹镊子：好多小的产品用手来摆弄很不方便，而且还容易留下手垢。金属镊子质地太硬，有划伤产品的可能，不如竹制的好。

喷雾器及气泵

喷雾器的使用

道具

不同的拍摄题材和创意，需要能够烘托主题的各种道具（图1）。道具的收集需要生活经验的积累，几乎我们日常生活中的各种物品都是我们的道具。《救生刀》这幅片子，我们从画面中可以看到：粗粗的麻绳、烧煤油的马灯、标有等高线的地图、玉米粒、图囊、还有通讯的手机等。若是手巧的人，更能动手制作拍摄中所需要的道具。

救生刀 哈苏相机柯达 ProBack 数码后背 慢速加闪光：1 秒 +1/125 秒 f.16—22 1600 万相素

摄影台

多数产品可以在摄影台上完成拍摄。静物摄影台有成品出售，惟价格较高。我的台子是自制的，用铝合金加工而成。有设计图可供参考（图），你也可以按照自己经常拍摄的题材自行设计，或许更好用。

三脚架及支架

三脚架的选用，应以轻巧稳定、调节机构轻松有效、云台阻尼适中为选购时注意的要点。品牌有国际上的大牌如：曼富图、捷信等，但价格也较高。国产品牌的质量有了大幅度的提高，价格比较适中。你应该预备两只三脚架，一只较为重型点的，用来支撑大型相机。另一只选用轻便些的中型角架，用来支撑中画幅

相机和 35 毫米小相机。

各种支架在拍摄过程中，常用来悬挂背景和支撑反光板。你影棚中各种支架的多少从某种意义上讲，还是你的业务是否做大了的标志呢。

摄影台

第三章　感光胶片与滤光镜

感光胶片的感光度与其特性的关系

经济学中有一句令我备感正确的话："你要想获得一些东西，你就得放弃另一些东西！"

感光胶片的特性也是这样，一般的来讲：广告摄影通常要求胶片的颗粒要非常细腻、层次足够丰富，粗颗粒的效果只是应用在某种对图像效果的刻意追求中，一般是从选择胶卷品种和调整冲洗工艺上来获得粗颗粒效果。

为了精细地描写所拍摄的内容，胶片的颗粒就要非常细。这个被我们称之为颗粒的小东西，在现代的数码影像里有了个新名字：像素。其意思是：它是组成一幅图像中的最小元素。显然，构成图像的像素愈多，表现图像细节和层次的能力就愈强。不过你若希望胶片的颗粒细一点，那么这种胶片的感光度就一定要低一些。这是因为较细的感光银盐颗粒，它们接受光线的面积也要小得多！在传统感光材料组成的影像里，胶片的固有颗粒还将在冲洗的过程中受到冲洗工艺的影响，非标准的冲洗工艺、粗劣的操作可能造成颗粒结团和颗粒结构的劣化。

为了保证胶片感光银盐能够获得足够的光化学反应所需的光线，摄影师希望胶片有足够高的感光度。否则，布置人工光源是要耗费人力和物力的，除非你需要某种经过设计的、具有戏剧性效果的光线效果或特别在意胶片颗粒的细腻程度而一定要选用人工光源来照明。要知道，如果不是刻意追求图像的粗颗粒效果或某种动感模糊效果，摄影师一般是不会轻易选用高感光度胶片的！

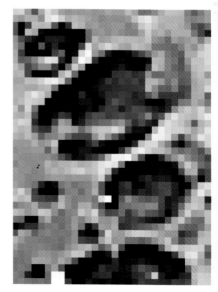

像素图片

柯达爱泰康反转片
配合柯达 E-6 冲洗程序

柯达胶卷	简介	感光度及滤片			建议用途	胶卷规格
		日光	钨丝灯	射灯		
(EPR) 片装 6117 日光片	中速的感光度 极佳的颜色饱和度清晰度 高光为反差效果温柔	64	16 NO.80A	20 NO.80B	时装及产品拍摄	135、120、220 片装
(EPN) 片装 6122 日光片	中速的感光度 颜色还原力至高至准确 光位及中性色调及层次极佳	100	25 NO.80A	32 NO.80B	要求色彩高度还原之拍摄 如产品的拍摄，金银器具	135、120、220 片装
(EPP) 片装 6105 日光片	中速的感光度 高颜色饱和度，准确中性色调	100	25 NO.80A	32 NO.80B	广告摄影及报导摄影	135、120、220 片装
(EPD) 片装 6176 日光片	中速的感光度 高清晰度，幼微粒	200	50 NO.80A	64 NO.80B	于弱阳光下的建筑物及工业摄影	135、120、220 片装
(EPL) 日光片	高速的感光度 高颜色饱和度，暖色温。 白位雪白，中性灰准确	400	100 NO.80A	125 NO.80B	运动及报导摄影 微弱现场光拍摄	135、120
(EPH) 日光片	特设为 ET1600 拍摄配以两极迫冲的极高速胶卷 颜色结实饱和，清晰度高，微粒细细	1600 迫冲 2 级	400 NO.80A 迫冲 2 级	400 NO.80A 迫冲 2 级	现场光运动 侦察摄影	135
(EPY) 片装 6118 日光片	中等感光度 极佳颜色感，极幼微粒 极高清晰度及解像力	40 NO.85B	64	50 NO.81A	拍摄产品目录 商业摄影	135、120
(EPT) 灯光片	中速感光度 微粒幼细，色彩丰富	100 NO.858B	160	125 NO.81B	钨丝灯照明环境 舞台、演唱会乐队演奏	135、120
(EPJ) 灯光片	高感光度，微粒幼细 适合钨丝灯照明，舞台， 户外或晚间运动等最佳	200 NO.858B	320	250 NO.81A	电影剧照 舞台、教堂 户内或晚间运动 弱钨丝现场光照明	135
E100S 日光片	高饱和度色彩，解除肤色表现	100	25 NO.80A	32 NO.80B	适合一般拍摄用途 特别适合商品拍摄	135、120
E100SW 日光片	高饱和度及暖调	100	25 NO.80A	32 NO.80B	适合户外环境下的风光拍摄，例如运动摄影及记者使用	135、120

色温与滤光镜

光源色温的变化将影响到被照明物体的色彩表现。

所谓色温，就是物体热辐射的颜色温度的数字表达形式。

具体地说就是将白金黑体进行加热，随着加热温度的升高，白金黑体开始发光，这种给白金黑体加热时所发出光的颜色，我们就称它为色温。色温的单位是"开尔文"(Kelvin 或 K)，开尔文温度标尺的零度为绝对零度，即 -273 摄氏度。当加热温度为 5600 度时，我们就将这个时候所发出光的色温叫做 5600 K (5600 开尔文)。同理，加热温度为 3200 度的时候就是 3200 K 的色温。

加热温度低，白金黑体发出光的波长较长，光色呈暖调。加热温度高，白金黑体发出光的波长较短，光色呈冷调。

我们将 3200 K 以下的色温称之为低色温，而高于 5600 K 的色温称之为高色温。5600 K 的色温就是通常我们所说的日光色，一般是指天气晴朗，自上午 10 点至下午 14 点所测得的色温。每天自日出到日落，受阳光照射的角度的变换和气候的影响，我们面对的自然光线的色温是一直在变换的。请看下表列出的每天色温的变化：

日出及日落时的阳光色温

时间	色温 K	微倒度麦瑞德值
日出、日落时	1900-2000	526-500
日出后 20 分钟、日落后 20 分钟	2200	455
日出后 30 分钟、日落后 30 分钟	2400	417
日出后 40 分钟、日落后 40 分钟	3200	313
日出后一小时、日落后一小时	3800	263
日出后二小时、日落后二小时	4800	208
正午阳光平均	5400	185
早晚阴影中	6000	167
阴天天空光平均	6500-7000	154-143

通常我们所说的日光型胶卷的平衡色温是 5600 K，灯光型胶卷的平衡色温是 3200 K。

较常见的彩色负片与常用的专业彩色反转片都是平衡于日光色的彩色胶片。灯光型胶片一般只在专业型感光胶片中有几种型号，相对于日光型彩色胶片的型号、种类，灯光型胶片品种要少得多。

光线与色彩

可见光的波长为 400 毫微米至 700 毫微米，其中 400 毫微米至 500 毫微米为蓝色光，500 毫微米至 600 毫微米为绿色光，600 毫微米至 700

毫微米为红色光。这三种波长的光按一定比例混合所合成的光线，我们用肉眼看到的色彩是白色光线，若三种波长光线中各波长的辐射量之间比例不同，合成的光线就呈现不同的色调。短于 400 毫微米波长的光线是紫外线，长于 700 毫微米的光线是红外线。这两种光线均为不可见光线，有专用于感受紫外线和红外线的胶卷，它们属于特种胶卷，常用于刑侦和科学研究，普通摄影和艺术摄影也时有应用。

我们前面提到的"5600 K 的白色光线"它不仅与发光光源的种类变化有关，并且还与日照的具体时间、季节、纬度，人工光源的灯泡种类及老化程度、电压波动情况等诸多因素有关。我们举一个例子来说明：一个房间的照明是一只 100 瓦的白炽灯，房子的主人对一位来客所穿的淡黄色衬衫的色彩的判断发生了错误，他认为来客所穿的衬衫是白色的。显然，这间房子里面没有为这位房子的主人提供他所熟知的并可以作为对照的白颜色物体。这个例子说明，人们的肉眼有极强的适应性和相对性，在没有基准参照色彩的情况下，我们对色彩的判断发生错误是很"正常的"。

然而，彩色胶片的感光乳剂却一点也没有这种"适应性和相对性"，它只是按照人们给自己设定好的平衡色温来显示拍摄现场被摄景物的色彩。而人们在对色彩的判断上，通常非常习惯按照自己的"印象"和"色彩倾向"来干预拍摄和图片制作的过程。

所以，光源的光谱分配对摄影和观察色彩影响极大。

彩色胶片的色彩平衡

能够完美地表现真实色彩的彩色胶片是没有的，彩色负片在扩印或放大时可以对色彩还原进行纠正或补偿，而彩色反转片就没有这个机会了，因为拍摄并冲洗好的底片就是成品，将直接进行电分或扫描成黄、品、青、黑的 4 色电子文件，这个被称为 CMYK 4 色电子文件，就是为印刷制版所提供的原稿。

为了尽可能地完美表现色彩，胶片生产厂商设计了两种彩色胶片，它们分别平衡于 3200K 色温和 5600K 色温的光源，它们分别在与自己相应的光源下较完美地还原了被摄物体和环境的色彩。至于为什么只设计两种适应 3200K 和 5600K 色温的胶片型别，我认为是早期的人工照明是钨丝灯光源，因而决定了灯光型胶片的平衡色温；而平衡于 5600K 色温的日光型胶片，那就是很"自然"的事了，而设计和生产很多种适应各种色温的感光胶片，这几乎是很为难的事情，好在我们可以利用滤光镜片来转换和调整色温，以适应拍摄时的色温环境。

为了使这两种胶片能分别在双方适应的色温条件下拍摄，我们可以使用雷登 85 滤光片，使平衡于 3200K 色温的灯光型胶片能在 5600K

色温的环境下拍摄。也可以使用雷登 80 滤光片，使日光型的胶片能在 3200K 色温的照明环境下拍摄。

你拍摄的环境的色温不一定就是那么标准，也没有那么多的教科书中所说的色温为3200K和5600K的光源让你从容地拍摄。你要用好多的滤光片来调整、转换光源的色温。关于怎么用好这些滤光片，你在第 7 小节里看吧。

为什么会偏色

偏色是极常见的，光源的变化会引起偏色，你的镜头也会有它固有的偏色（也许很轻微），冲洗的环节、观看底片的光源都可能让你感到偏色。此外，还有你在拍摄时感觉不到的偏色，例如，你在日光灯照明的环境下拍摄，冲洗后底片的效果与肉眼看到的实际情况大不一样，青绿得令你难以接受！这是最常见最典型而又常常被人忽略的例子。

为什么会有这样的现象？其原因是人的大脑中已经将受日光照明的物体所表现出的色彩形成了牢固的印象，而人工光源与人们日常生活接触的时间又相对要短得多。所以，即使在光源色温变化的场合，人的这种自适应能力仍然凭印象主观地来判断物体的色彩，从而使人们对色彩的判断造成误差。

什么是互易律及互易律失效

一般的来讲，根据曝光量 = 时间 × 照度 的公式，在曝光量不变的情况下光圈和快门速度是可以互易的，而曝光量则保持不变。也就是说：光圈开大一档时，快门速度也增加一档。例如：f 8 与 1/250 秒的曝光组合，若光孔调整为 f 5.6，则光门速度变更为 1/500 秒。同理，还是在 f 8 与 1/250 秒的曝光组合的条件下，快门速度若调整为 1/125 秒，则光圈变更为 f 11。这就是互易律。

那么，什么又是互易律失效呢？具体地讲就是：只有在曝光时间过长或过短的情况下(高于1/1000秒和低于几秒时)，感光乳剂开始和我们开起了玩笑，它不再有正常的感光度，摄影者要额外地增加曝光量，而曝光量增加的比例与胶片的类型有关，通常感光胶片生产商会给出具体的补偿数据，业余型的胶卷一般没有给出数据。

互易律失效主要发生在长时间曝光情况下，并且是摄影者试图用更小的光圈时发生。在这种情况下，曝光时间补偿的越多，互易律失效的程度就越严重！所以，在景深够用的情况下，可以开大光圈来增加曝光量，快门速度设置在感光胶片允许的最长曝光时间上。倘若仍然满足不了曝光量的要求，那只好面对互易律失效的情况发生，通常胶片生产商会有曝光补偿的说明。极特殊的情况下，可以进行补偿曝光试验后再正式拍摄。

黑白及彩色及胶片所用的滤光镜

对于专业摄影师，滤光片是必需的摄影配件。

第一类，黑白摄影用滤光镜。当你需要改变被摄体色彩与底片密度的对应关系时，就必须使用滤光片，黑白摄影常用滤光片有以下几类。

校正用滤光镜：a.淡黄、中黄滤光镜。可以减少天空、海洋、远山中过多的蓝紫色光线，因为全色胶片对蓝紫色光线的灵敏度比较高。b.紫外线滤光镜。对于400毫微米以

调整反差滤光镜：能够调整反差的滤光镜，是一个善于利用反差来增加图片感染力的摄影师必备的滤光片。

我们注意到这样的现象：人的眼睛看到的两种不同的色彩，并且这两种色彩的色相区别得非常清楚，而在黑白照片上却是极相同的灰度！

这类滤光片可以制造人为的反差。（例表）

标准色板在彩色和黑白胶片的反应效果

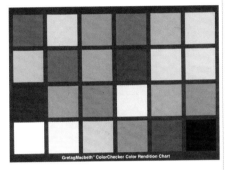

下的紫外线，现代黑白感光胶片即使不用被我们称之为 UV 镜的东西，也没什么问题。但在紫外线强烈的某些地区，还是要考虑的。

你可以按照表格里的说明进行拍摄试验，待取得了直接的感观后，你就可以胸有成竹地去拍摄了。

偏振光滤光镜：这是一种黑白与

根据静物被摄物体的颜色用滤色镜调整对比

被摄体的颜色	欲使被摄体的颜色明亮应用的滤色镜		
	滤色镜颜色	柯达	富士
红紫色	红、蓝色	No.21、25、No.47	SC-60、BPB-42
红色	红色	No.25、29	SC-60、62
黄色	黄、绿红色	No.8、15、58、25	SC-50、52、60、BP
绿色	绿色	No.58	B-53
蓝绿色	绿、蓝色	No.58、47B	BPB-53、42
蓝紫色	蓝色	No.47B	BPB-42

被摄体的颜色	欲使被摄体的颜色发暗应用的滤色镜		
	滤色镜颜色	柯达	富士
红紫色	绿　色	No.58	BPB-53
红　色	绿、蓝色	No.58、47	BPB-53、42
黄　色	蓝　色	No.47、47B	BPB-45、42
绿　色	红、蓝色	No.25、29、47B	SC-60、BPB-42
蓝绿色	红　色	No.25、29	SC-60、62
蓝紫色	绿、红色	No.58、25	BPB-53、SC-60

各种滤光镜的用途一览表

分类	名称	滤色镜的颜色	曝光倍数	彩色片用	黑白片用	用　　途
吸收紫钉线及阻挡霞雾	1A	淡粉红		○	○	吸收紫外线,特别在阴影下,彩色摄影时能校正偏蓝现象。
	2A	淡　黄		○	○	吸收紫外线,在高山摄影时,能去掉霞雾的影响。
	2B	淡　黄		○	○	吸收紫外线,比2A消除霞雾影响稍大。

彩色摄影都可以使用的滤光片,并且在很多的拍摄场合几乎是成了必备的滤光片。我把它称为第一滤光片,试一试吧,真的很奇妙。这种滤光片可以压暗天空的亮度,当阳光的照射方向与拍摄方向成九十度角的时候,效果最明显。偏振光滤光镜还可以调整被摄体的反差、消除有害的反光、提高拍摄的色彩饱和度。

第二类,彩色摄影所用的滤光镜,共有两种。

色温转换镜:将3200K色温用滤光镜调整到5600K色温,或5600K色温用滤光镜调整到3200K色温,使之满足拍摄时所用感光胶片的指定平衡色温,我们称这种滤光镜为色温转换镜。使用这种滤光镜,你就可以在3200K时的色温条件下使用日光型胶片,或者在以日光为照明的条件下使用灯光型胶片。

这种滤光镜在柯达被称之为"雷登",它的序号是85、80,雷登85序列为降色温,雷登80序列为升色温,在序号后面是代表滤光镜降温/升温微倒度值的求法：

$$微倒度变换值 = \frac{1,000,000 \times (光源色温度 - 胶片色温度)}{光源色温度 \times 胶片色温度}$$

程度级别的 A、B、C 等字母，例如：雷登 85 B。下面的表格可以看到色温转换镜的技术数据。

　　色温平衡镜：某些拍摄环境的光源色温不是 3200 K 色温或 5600 K 色温，比这两种"标准的"色温要相差一些，例如几百开尔文。色温平衡镜就是使灯光型彩色胶片精确对应于人工光源（钨丝灯、碘钨灯溴钨灯等）的色温条件，也应用在平衡自然光中过多的冷调子和暖调子。

　　色温平衡镜也被称之为"雷登"及序号为 81、82 和代表平衡色温能力的 A、B、C、D、E 等字母。下面的表格可以看到色温平衡镜的技术数据。

色温转换滤光镜

国产滤光镜号数	柯达雷登滤光镜	哈苏	颜色	用途	转换范围	曝光量增加倍数
东风校1号	NO.85	CR11	琥珀	供A型和L型灯片在日光下使用	5500°K降至→3400°K	2/3档
东风校3号	NO.85B	CR12	琥珀	供B型灯光片在日光下使用，也可以在阴天背阳或树阴下降色温	5500°K降至→3200°K	2/3档
东风校2号	NO.85C	CR8	琥珀	灯光片在早、晚阳光下降色温	4000°K降至→3200°K	1/3档
	NO.80A	CR12	兰色	日光片在碘钨丝灯下使用	3200°K升至→5500°K	2档
	NO.80B	CR11	兰色	日光片在钨丝灯下使用	3400°K升至→5500°K	$1\frac{2}{3}$档
	NO.80C	CR8	淡兰	日光片在白闪光泡照明下使用	3800°K升至→5500°K	1档
	NO.80D		淡兰	日光片在纯锌箔泡闪光灯下使用	4200°K升至→5500°K	1/3档

色温平衡滤光镜

滤光片颜色	色温度变换	色温度变换	雷登滤光片号	哈苏	增加感光量(档)
兰	2490-3200K	2610-3400K	82C+82C		11/3
兰	2570-3200K	2700-3400K	82C+82B		11/3
兰	2650-3200K	2780-3400K	82C+82A		1
兰	2720-3200K	2870-3400K	82C+82		1
兰	2800-3200K	2950-3400K	82C	B4.5	2/3
兰	2900-3200K	3060-3400K	82B	B3	2/3
兰	3000-3200K	3180-3400K	82A	B2	1/3
兰	3100-3200K	3290-3400K	82	B1	1/3
琥珀	3300-3200K	3510-3400K	81	R1	1/3
琥珀	3400-3200K	3630-3400K	81A	R2	1/3
琥珀	3500-3200K	3740-3400K	81B	R3	1/3
琥珀	3600-3200K	3850-3400K	81C	R3.5	1/3
琥珀	3850-3200K	4140-3400K	81EF	R5	2/3

第四章　棚内摄影

玻璃器皿与透明物体

当你接到拍摄玻璃器皿或是透明物体的时候，你不要以为用眼睛看起来这些晶晶亮的东西在拍摄时是好对付的，它们是和你的镜头里面的光学镜片一样神秘的玩意儿。光线在透过玻璃一类透明物体时是会改变方向的，看看你的镜头，不是吗？正是这样的特性，使得拍摄这类物品有较高的难度。

记住下面这样的用光法则并照着去做，你能欣喜地发现，原来玻璃器皿是那么楚楚动人！

a.深暗的背景中有明亮且渐变的光斑

在这种情况下，玻璃器皿的边缘呈现黑色线条，线条的宽度与玻璃的厚度有关。具体做法如下：

你可以选择半透明的背景材料，例如硫酸纸。将聚光灯从背景后面照明。在这样的照明技术下，你通过调整聚光灯的焦点、光束的直径和强度可以得到不同的效果。光束的直径小、光强度大，反差就高。

b.浅调子背景、黑线条效果布光灯位图如下

在用白色的或浅色的背景情况下，我们可以这样做：用两只聚光灯从左右以一定的角度照亮背景，两只聚光灯的光斑可以重合或部分重

玻璃器皿

合。你要控制重合部分的大小、光斑直径和光源强度。这样做，你可以得到不同效果的"浅色背景黑线条"的玻璃制品图片。

c.黑背景亮线条的效果

在黑色的背景前放置被摄体，被摄体与背景的距离不宜过近。在被摄体两侧各布置一只长方形的光箱，调整光箱与主体的位置至满意为止。当然你也可以不用光箱，而用广口反光罩的泛光灯，如何选择光源，应取决于被摄体的形状。

另一个方法是选用浅色的背景，用两只聚光灯在背景打出两个有一定间距的光斑，这两个光斑间距的大小要注意光斑不要出现在画面上。

矿泉水拍摄过程：

1.选择具有一定反射光线能力的背景材料；

2.控制和选择投射到背景的灯具及滤光片，这幅图片是选择了加有蜂巢聚光器和蓝色滤光片影室闪光灯。

3.用甘油和水的混合液体向矿泉水瓶表面喷射表示清凉感的水珠。

4.矿泉水瓶的背面一定要有反射光线的白纸板，否则水瓶的光感是晦暗的，缺乏生动的、诱人的光线。

5.按照拍摄玻璃器皿的通常布光法即可，见布光草图。

6.要点：控制好前后的光比是最主要的，要做到水瓶的光线、商标都有好的表现，一般水瓶后面的反射光值应改高于前面（矿泉水商标一侧）的1.5级光圈较好。

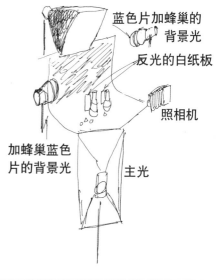

蓝色片加蜂巢的背景光

反光的白纸板

照相机

加蜂巢蓝色片的背景光

主光

哈苏 555ELD 相机，数码后背　120mm 镜头　光圈 22　速度 1/250 秒

金属制品

在我们讨论这个题目之前，我们先看看下例图片，拍摄这些图片的光源是由同一光源提供照明。

你们看到了什么？你们对图中的物品有足够的辨认度吗？对他们的形状、质地、材质又有什么样的感觉呢？

金属制品对光线的反射率，按材质的不同有不同的亮度系数，按加工工艺也可以有不同的亮度表现。下面的直方图可以看出几种金属的对光线的反射率。当然，这些例子所列出的金属亮度系数，是在同一光洁度对100%的入射光的条件下得出的。

银 -90% 铝 -84% 铬 -55% 钢 -55% 黄铜 -35% 锡 -25% （直方图）

金属机件表面的光洁度，也是影响对光线的反射率主要因素之一。例如：粗糙的表面、较平整的表面、弱亚光表面、亚光表面、磨光的表面、镜面磨光表面还有对金属进行表面氧化、钝化、抛光等处理工艺都能影响金属制品表面的反光率。

在各种场合下，光线的反射服从于光学的一般定律。但金属表面的反光不是偏振光，这和镜子的情况是相同的。

以上的论述，使我们对金属与光线之间的关系，有了一个初步的印象。但最重要的是：你拍摄的是何种金属，它的表面反光状态如何，你在拍摄时的用光情况都将影响到你的拍摄效果。

控制好金属制品表面上的这个叫做"高光"的东西。

没有高光就不能表现好金属的

属性，金属的光洁、强度、锋利、高贵感就出不来。问题是高光要"高"到什么程度？因为当高光到达极限时，我们就不叫它"高光"了。它的新名字叫"耀斑"，关于"耀斑"我们将在后面来谈它。高光可以表现金属物品的外型及表面的状态，加强层次感和立体感。但若控制的不好，高光过量，胶片将无法接受，甚至在明暗交界的地方有高光渗出的现象。当然，你若利用这一现象表现强光的感觉，则是另一回事。

一般的来讲，金属制品按加工工艺来分类，大致有两种情况。

a. 有明显加工痕迹的金属制品。对于这一类产品，布光较容易。例如对于铸造或精密铸造的、经过金属切削加工所留下刀花痕迹的机件，你可以施以大面积的泛光照明。光

源的光位以被摄体的主面为参考反射面，以光线的"入射角等于反射角"的基本概念来指导灯位的确定。

光源的强度需要适当控制，不宜过强。要调整好为暗部提供照明的辅助光强度，有一个适当的光比。要做到主光不出现耀斑，暗部保持清晰而适当的影纹。有时为了强化金属的质感，可以用一只较弱点的泛光灯刻意打出有限制的耀斑。

b. 表面具有较高光洁度的金属制品。这是一项最具有挑战性的工作。有的产品的表面呈镜面，甚至连你和你的照相机都可能留在产品的某个位置！并且最棘手的是具有球形或呈弧形的产品，它们像超广角镜头一样将周围景物映照出来，特别是还有出现像哈哈镜般的效果。这类产品还像一个多嘴的家伙，它会告诉你："拍我的这个人他用了几只灯具，是什么样的光源。"你想想有多狼狈！还有呢，闪光灯的高光点在产品上面刺眼的向你炫耀它的存在，背景也变得与产品难以区分开来。

对付这样的产品，首先你要有极大的耐心，并且要选择适当的光源。

作为一个原则，你要选择足够大的、非常均匀的扩散屏光源或反光板。接下来就是决定光源的位置，这个光源的位置应该是在视点处可以看到的被摄体对面。你细心地观察一下，你会发现你那个足够大的、又非常均匀的扩散屏光源，就映在你拍摄的产品中，而这种情况正是

我们期望的。你需要进一步仔细调整的是让这个大面积光源覆盖住未被涵盖的部分，这一步工作决定了你的拍摄效果。

前面我们讲过这个光源要足够大，又要非常均匀，其目的是保证被摄体表面的明度是一致的。但有的时候，我们要求被摄体表面的明度是渐变的，那么做为映在你拍摄的产品中的光源，也应该是渐变的。特别是被摄体的表面呈弧形时，为了表现产品的立体感，你的光源必须是合理的、均匀的渐变。所说合理的、均匀的渐变，是要视产品的形状而决定渐变的程度，否则你非常有可能从某种程度上改变了产品的形状，这种情况将使你的客户感到不快。

布光的过程是很有趣的，几乎每次的灯位都在随着不同形状、不

同结构的产品在变化，每次所用的手段也都不同，你要细心地总结每次拍摄的体会和经验，你所有的总结将使你获益匪浅！

在这里我建议你要准备好以下的各种反光板：我指的"各种"，是指反光板的反光特性。要知道，我们面前的金属制品的质地、光洁度、结构、形状、色调都不同，你得预备好反光特性又直又硬的镜子、反光特性次于镜子的精轧制铝板、反光较为柔和的喷砂处理过的铝板、反光最柔和的白色"KT板"（一种装饰材料）。你能发现吗？这几种反光材料的反摄系数在依次降低。而在实际的拍摄过程中，没有人来干涉你用什么反光性质的反光板，主要的是要完美地表现好你面前的产品，突出它们的属性，让你的客户得到最大的满足！

千分尺

富士 Pro S₂ 数码相机光圈 f11.速度 1/125 600 万像素

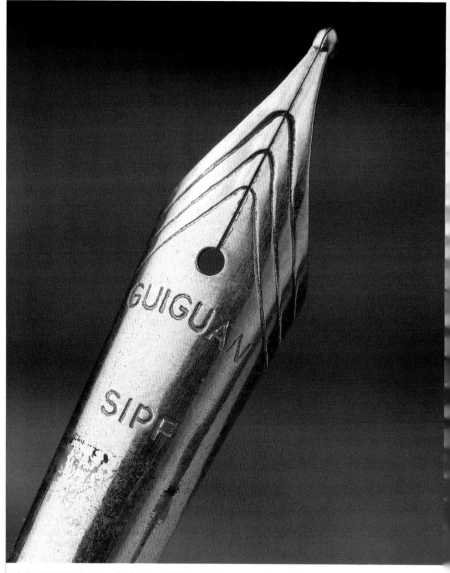

哈苏 555ELD 机身 80mm 标准头加近摄接口 柯达 Pro Back 数码后背 1/125 秒 .f22　　1600 万像素

富士 Pro S₂ 相机　　105mm 镜头　　闪光灯照明　　f11.1/125 秒

哈苏 503CXI.120mm 头 f8 1/125 秒.闪光灯

瓷器与陶器

　　瓷器与陶器不同，由于瓷器产品的壁有厚有薄，较厚的瓷器光线不能穿透它，很薄的瓷器将有一部分光线可以穿透过去，不是有形容瓷器"薄如纸"的说法吗？而陶器则一点也不能透光，并且还要吸收相当一部分光线。所以我告诉你：瓷是瓷，陶是陶，不是陶瓷。

　　瓷器虽说表面很光滑，但很光滑的只是表面的釉面，基底的瓷还是呈亚光状态的。因此，在布光的时候，主光应采用光质较软的散射光，辅助光可根据瓷器产品的造型特点，用反光板来补光，控制好明暗反差。反光板的选用，要注意产品曲面的变化。若用适当强度的直射光，在合适的位置添上提神的"耀斑"，就可以满足刻画造型、表现质感的要求。

　　对于壁很薄的瓷器，你一定要使用逆光、侧逆光来突出瓷器的"薄"的特点，同时在被摄体前面，用较弱的照明来表现质感。

北大荒酒 莱卡 R6.2 相机　100mm 镜头　f22 1/125秒．　柯达 E-100 反转片

柯达 Pro Back 数码后背 f16 1/125秒.闪光灯照明 1600 万像素

柯达 Pro Back 数码后背 f16 1/125 秒.闪光灯照明 1600 万像素

柯达 Pro Back 数码后背 f16 1/125 秒.闪光灯照明 1600 万像素

塑料制品与半透明物体

　　塑料制品一般是透明的与半透明的较多，所以我们将它们归为一类。拍摄这一类物品用光应该以逆光、透射光为主。而不透明的品种的拍摄，我们可以将它归于瓷器一类来处理和对待。在拍摄塑料制品的过程中，一定要把塑料制品的光滑感拍摄出来，也就是说透射的光与反射的光都要运用得当才能拍出好片子来。

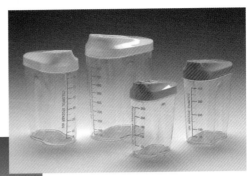

尼康 D100 数码相机 105mm 镜头
速度：1/125秒 光圈：f11

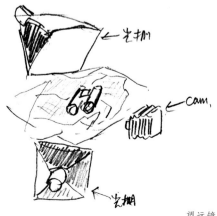

望远镜 Pro S₂ 数码相机 105mm 镜头 f16 1/125 秒

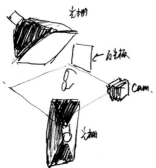

眼 镜 Pro S₂ 数码相机 105mm 镜头 f8 1/125 秒

药 美能达 X-700 相机 70-210mm 变焦头
f16 1/125 秒 柯达 EPP 反转片

家具与木制品

拍摄家具，有两个比较棘手的事情，一是遇见颜色很深重的木器，二是木器表面涂有光亮度极好的油漆。拍摄它们的时候，要表现好木材的肌理和纹路，对于颜色很深重的木器要给予足够的照明和适当的追加曝光，表面光洁度极好的木器在布光时主要靠大面积的、带有颜色的纸来反射给予反射光，纸的颜色一定不要使用白色的，应视木器的颜色而定，具体地说就是选择色相接近，明度相对高的纸品来反光。

很多的客户要求将他们的产品的木纹质感拍摄出来，但又选择小画幅的拍摄规格，这是很矛盾的事情。因为木制品体积都较大，特写拍得很少，在带有适当的环境来拍摄，主体就在画幅中所占的比例相对小一些，客户的要求就更加难以达到了。正确的做法是选择大画幅的拍摄规格！

拍摄家具，透视的控制是绝对的严格，小画幅相机极难做到，大画幅相机就是唯一的选择。

哈苏503CXI 80mm 标头 f22 1/125秒 富士普尔维亚Ⅲ型反转片 E—02

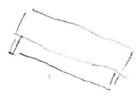

哈苏 503CXI 120mm 镜头 f16 1/125 秒 6×6 画幅 柯达 E-100 反转片

TOYO 450 单轨相机 180mm 镜头 6 × 9 片幅 f16 1/125 秒 柯达 EPP 反转片

哈苏503CXI相机 120mm镜头 6×6画幅 f16 1/125秒

哈苏 503CXI 相机　120mm 镜头　6 × 6 画幅　f16 1/125 秒

皮革制品

皮革制品是很讨人喜欢的，小的钱夹、大的皮衣，妙不可言的设计，丝丝入扣的制作，无不显示了皮革制品的精湛。

皮革制品有表面光亮、亚光面和毛面的三种，皮革制品的拍摄，要表现出设计与剪裁的品位，缝线的精致和真实的质感，有的时候还要对重点部位进行特殊的描绘。

在用光方面，照明的主光都应该是较柔和的散射光，对皮革制品的转角、圆弧部位运用高光来描绘是必要的。

五金工具

在商业摄影的日常工作里，与

五金工具、机械零件类是打交道最多的。这类产品通常体积不大，但结构却比较复杂，并且每一件不同的产品都能让你在如何布光的问题上颇费心思。

关于下面这幅图片用光的分析，也许能让你兴奋起来了吧？那么多的技巧，复杂的用光，准确的透视，丰富的层次表现。这一切，全都来自你的头脑和灵巧的双手！同是一件产品，只要到了你的手里，立刻让它变得与众不同，这就是专业的商业摄影师。

在此，我们还是从如何布光开始吧。

作为一个原则，愈是结构复杂的产品，在选择灯光光质时，就变得很少有选择余地了。我们必须使用非常柔和的散射光，甚至需要能从各个方向包围被摄物的环形光源。用光质很"硬"的直射光来照明机械零件，这种光质所形成的浓重的阴影会影响画面的可信度，很多处于阴影部位的重要细节将被淹没，没有人会喋喋不休地对着图片来向客户解释里面的一切。

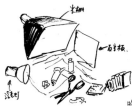

哈苏503CXI 120mm镜头 f22 1/250秒 富士普尔维亚III型反转片

最激动人心的时刻到来了，我们可以开始布光这一重要步骤。这一步骤是展示摄影师的控制灯光和光线的能力，并如同绘画一样决定了画面的影调和色彩表现。为什么说这是"重要步骤"呢?简单地说，这一步骤能主观地代表摄影师的思想和设计意图，也是产生作品和垃圾的分水岭。

关于布光，首先要强调的还是一定要在照像机的取景器中观看!凡是简单地调整过灯光，而并未在照像机的取景器中观看实际效果的摄影者，作品一定不能获得广告主的欢迎。

在我们的画面中，主光源是一个大面积的受柔和的光源，它是想象中的一扇窗子。透过这扇"窗子"，光线从侧逆的方向投向拍摄区域，这扇"窗子"比拍摄区域稍稍高一点，面积要足够大，这对表现皮革及线轴上线的质感、立体感都是必要的。同时这个大面积的、柔和的光源也给剪刀有光泽的金属部分提供了照明，所不同的是有光泽剪刀的金属部分的壳度是以反射形式透过摄影镜头到达胶片平面的。这在物理学有关光学的章节里有详细的论述，而我们须牢记的是：欲拍摄有光泽的物体，其照明光源一定在被摄平面(或虚拟被摄平面)的入射角延长线上的某一点上。

关于辅助光实在简单极了，一块稍大的白色反光板在照相机的一侧，向因为侧逆光照明所形成的阴影部分补光。补光的程度要把握好，补的多了，侧逆光光效不明显。补的少了，光比太大，若超出了反转片5个EV值的宽容度，则无法兼顾明暗两部分的适合曝光。

还有一块小一点的白色反光板在画面的右侧，它给棕色的缝线轴补了适当的光。一块方形的镜子也充当了辅助光，它给黑色的剪子握把提供了高光，使得立体感得到了增强。

这幅广告片的拍摄只使用了壹只600焦耳的影室电子闪光灯加长方形柔光箱。

机械设备

通常机械设备的体积比较大，重量小则几十公斤，大则以吨来计量。并且目前还较少将机械设备一类的产品搬运到影棚内拍摄，主要在生产车间或使用车间来拍摄。

在拍摄时，主要的难点是照明光源，较常见的光源是显色性很差的水银灯和偏青的日光灯。光源的强度还不是问题，现代感光胶片的互易律特性有了极大的进步，例如某型号的彩色反转片在100秒的长时间曝光下，其需要补偿的光孔值只有1/3格，近乎于可以忽略。

影响效果的问题是色温，在我遇到的拍摄经历中，很少有能完美还原固有色彩的情况。当然若车间的自然采光较好，并且没有直射光线投射到被拍摄的设备上,在这种情况下你可以选好拍摄位置和角度进行拍摄。为了准确还原色彩,你可能要使用雷登81滤光镜,这样做可以减少多余的蓝调子。如果你有条件使用大面积的、散射的电子闪光光源或3200开尔文色温的钨丝灯光源当然好,可以摆脱对自然光线的依赖,增加了对光线的可控性,从而获得更好的效果。

　　关于布光的技巧这里就不再赘述。

车身:ProS₂数码相机 105mm镜头 f16 1/250秒 背景:由电脑加入合成

哈苏 503CXI　120mm 镜头　f32　1/250 秒　富士普尔维亚 III 型反转片

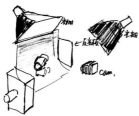

表

哈苏相机 柯达 ProBack 数码后背 f16 1/250秒 1600万像素 CCD

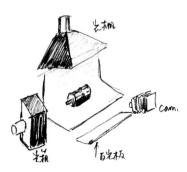

表

Pro S₂ 数码相机 105mm 镜头 f16 1/250 秒

电子零件

这一部分的产品既包括电子元件、器件，也包括焊接好的电路板。电子元器件绝大部分体积比较小，例如：电阻、电容、晶体管和集成电路，体积稍大的有电解电容、变压器等。总的来说，小的元件和大的元件体积之比，相差非常大。大一点的元件，即使不用有近摄功能的镜头，也可以很好地完成；对于很小的元件，你有1:1倍率的镜头也不见得拍得下来。

为了拍好这些在常人看来是很神秘的东西，你要准备好能近摄的镜头、延伸皮腔或近摄接圈，几片近摄镜也是很实在的器材。35毫米照相机能够很好地完成多数图片的拍摄。

机背取景的单轨相机配合1:1的近摄镜头，是最好的组合。你可以精确地控制景深，可以进行移轴、摇摆等技术动作。更可以运用山姆弗鲁格（Sheimpflug）定律大幅度地增加景深范围。

我们对花样繁多的电子零件的外型进行分类后发现，几乎可以用两种形状来描述：圆柱形和立方形，并且这两种外型的元器件占绝大多数。当然，其他形状的元器件如：圆片形、矩形的薄片形和几种形状的组合型。我们为什么要研究它们的外型呢？这当然还是布光的需要。

经过分析后，我觉得还是按下面的灯位布光比较好。

对于单个的元件：你可以像做作业一样来完成拍摄，因为你一定记得刚开始学习拍摄的情景吧？还记得老师曾经告诉过你如何拍好各种形状物体的技巧，如何控制光线吗？那就试试吧！相信你会做得好的。不过，我们还是来重新温习一下学过的内容，似乎这样更好一点。

对于像圆柱形的元件，控制好主光、辅光的比例是成功的要点，光比控制在1:3之内较好，还可以用小镜子给元件的边缘补上生动的轮廓光。不过因为被摄物太小，你可能要

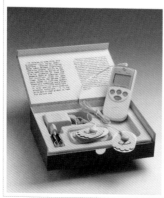

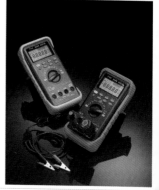

对你的光源进行遮挡，不然光源的面积与被摄物相比，显得有点太大了。

对于焊接在线路板上的元件，由于不同形状的元器件焊接在线路板上，这些元器件彼此之间的距离特别近，特别是像图例那样的情景。因此，你在布光的时候可选择面积较大的"光棚"来照明。灯光位置如图。

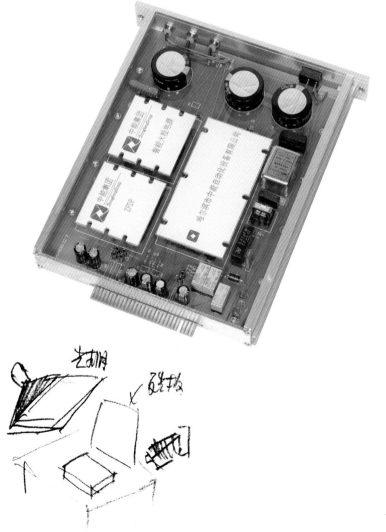

哈苏相机 柯达 ProBack 数码后背 120mm镜头 f16 1/250秒 1600万像素 CCD

菜肴

菜肴的拍摄通常的目的有三点

1. 酒店为推出新菜品
2. 制作菜牌所用的画面
3. 店内、外展示的画面以及为广告发布提供素材

上述的这三点，似乎看来都是为同一个目的，将菜肴完美地拍摄下来即可以达到，但实际却不一样。以"酒店为推出新菜品"的图片为例说明其中的不同。

酒店在不同的季节、节日和根据酒店的营销计划，要经常推出新菜品。通常所拍摄的菜品图片要精心设计所要表达的内容，从画面的构图、色调、主体的位置、陪体的选择、布光效果到动人的广告语，都要认真落实。其主要目地就是要以画面的效果打动食客的心，使其在品尝到这款新菜品之前，从视觉上、心理上感觉到这款新菜品的色、香、味，从而完成了推销这款新菜品的准备工作。

上述要拍摄的画面，显然创意与平面设计占了首要位置。而拍摄应用于制作菜牌的画面就不一样，酒店的菜谱是用来请食客点菜的，菜谱里面集中了很多的菜品。这些菜品在拍摄完成后，要将其剪切成没有背景的画面（俗称"去底"），最大程度地突出主体，体现"阅览"的功能。按照这样的需要，拍摄中主要的控制要点在灯光的布置，其他方面就可以放在从属地位，因而拍摄

的难度和工作量相对要小一些。

店内、外展示的画面以及为广告发布提供素材的菜肴图片，与前两点也有区别。主要的不同在于这些图片是为店家的广告计划服务的。图片的拍摄，很大程度要按照广告公司的要求来实施，除了前两点的要求外，还要求拍摄场地、模特、主厨的形象、菜品制作，也可能动用特技拍摄技巧。这一项，是颇费心思的拍摄工作，要认真对待才能做得好。

菜肴摄影比较特殊，摄影师要有艺术家的感觉，善于将不同的物体有机组合起来，选择有利的拍摄位置和角度，巧妙地应用透视和照明技巧，再加上摄影师娴熟的摄影技术，令所有的食品都变得令人垂涎欲滴!

菜肴按菜系分为京、川、鲁、粤等几大菜系。我们在拍摄菜肴图片时，可以把菜肴分为"干"、"湿"两类，所谓"干"是指在烹制菜肴的工艺中，采用干炸手法所烹制的菜肴。而"湿"则是指表面有糊、汁、芡的菜肴。之所以这么区分，主要是针对布光手法而言的。表面干的一类，用光可以选择光质硬些的光源，表面湿的一类，光质宜软不宜硬，而且光源的面积应该比较大。下面的两幅试验样片可以明显看出来其中的区别。

拍摄菜肴在布光时要注意光比的控制，光比太小，菜肴的视觉效果不生动，立体感很差。光比一般控制

在1:2至1:3之间，色调较深的菜肴如海参，可以光比小一点，并辅以高光来加强效果。色调明亮的菜肴，光比控制到1:3很正常，例如鱿鱼卷。

主光源的位置通常在逆光或侧逆光方向，顺光是极少用的光位，一般用来布置辅助光。对于勾芡、浇汁的菜肴，还要使其产生高光点，以显示芡汁的特点，由于芡汁表面很光滑，非常容易产生高光。因此，你只要用强度不大的光源就可以实现，并且不容易干扰布置好的主、辅光源光效。

经过设计的创意画面，在布光的时候，还要特别注意环境光的特点，例如你在棚内拟建了一个林区木屋的环境，你拍摄的主题是猴头蘑等山珍。在这样的情况下，你的布光手法就要变换到现实中去，你若打算画面中的马灯为现实中的照明光源，那么你在布光中就要注意两点：

1.背景的照度不要太亮，有适当的层次便可以。

因为实际的马灯照明能力是很有限的，只有很小的范围是较亮的区域，当你将主体的照明布置好后，就要对背景的照度进行调整，要求做到背景的亮度不抢"戏"，既体现了"马灯"照明的味道，又要使人们看清楚环境，从而加深了主题的表达。

2.对被摄主体的照明一定要遵从于环境照明。

上述例子中的马灯就是环境照明。对这个环境照明的光源你有有限的调动能力，因为你是这个创意的主人；所谓"有限调动"是因为你总不能将马灯放到墙角去吧？你放置马灯的位置首先要考虑的是被摄主体的照明效果，尽管这不是最佳效果，也有必要这么做。一旦环境照明光源确定后，你为求得对被摄主体有更好的描绘所布置的其他光源，就要遵从于这个环境照明，即使你在布置辅助光的时候，也不要搞"穿帮了"。我们要求得一个相对合理，对画面的创意效果和艺术处理有一个总体的把握，只有这样才能拍摄出好的广告摄影作品。

立多夫斯
LIDUOFUSI
始建于1919

秋林風味紅腸

TOYO 450 单轨相机 180mm 镜头 4×5 画幅　f22 柯达 E-100 反转片

未加散光屏的光棚
600W/s'

桌子背面有
一只模拟马
灯照明的闪
光灯，灯的
反光罩前加
有蜂巢

照相机　　加蜂巢的
　　　　　闪光灯

啫啫煲
哈苏 503CXI 相机　120mm 镜头
光圈 f16　速度 1/250 秒
富士普尔维亚彩色反转片

百草鸡
哈苏机身 柯达 Pro Back 数码后背
120m 镜头 f11 1/125 秒

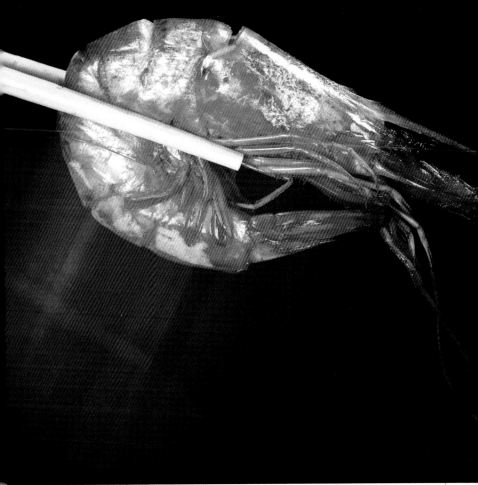

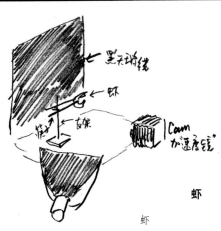

虾

虾

哈苏 503CXI 120mm 镜头 f32 1/250 秒 富士普尔维亚 III 型反转片

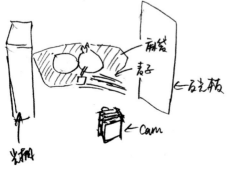

大面包
哈苏相机 柯达 Pro Back 数码后背
120mm 镜头 f11 1/125 秒
背景由电脑合成

西式面包
TOYO 450 4×5 单轨座机 180mm 镜头
6×9 画幅 f22 1/125 秒 柯达 E-100 反转片

螃蟹
Pro S₂ 数码相机 105mm镜头 f11 1/125 秒

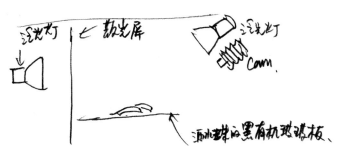

琵琶虾
TOYO 450 4×5 单轨相机 180mm 镜头 6×9 画幅 f22 1/125 秒 富士彩色负片

曲奇1
哈苏 503CXI 120mm 镜头 f22 1/250 秒
富士普尔维亚III型反转片

曲奇饼 2
哈苏相机 柯达 ProBack 数码后背 120m 镜头
f22 光圈 1/250 秒 1600 万像素 CCD

水饺
哈苏相机 柯达 ProBack 数码
120mm 镜头 f16 光圈 1/250 秒

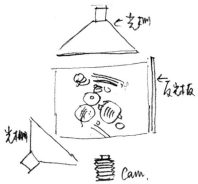

小子鹅
哈苏相机 柯达 ProBack 数码 120mm 镜头
f16 光圈 1/250 秒 1600 万像素数码后背

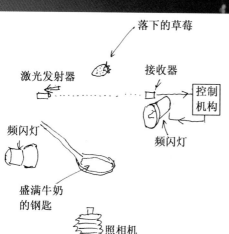

落下的草莓

激光发射器　　　　　接收器

控制机构

频闪灯

频闪灯

盛满牛奶的钢匙

照相机

草莓牛奶

哈苏相机 柯达数码后背120mm镜头

　　这幅图片是一幅精心策划的、广告味很浓的商业图片。在这幅图片的拍摄中，使用了柯达 Pro back plus 数码后背，承载这款数码机背的机身是哈苏 555ELD，为了获得适当的影像倍率，我选用了哈苏 120mmF4MICRO 的近摄镜头。

　　在这次拍摄中，一个专用的计算机芯片起了至关重要的作用，它精确地完成了信息处理和指令的适时发出，使画面中的主角草莓与牛奶的表演发挥到了极点，并且，这一精彩画面被完美地捕捉了下来。这幅图片的完美，与我看到的用计算机"画"出来的、笨拙的画面相比，给人的视觉感受和冲击力是不言而喻的。

　　图 A 是拍摄布光草图。为了捕获草莓的运动信息，我使用了激光器、光电转换器与专用的信号处理装置。完整的拍摄过程是这样的：

　　1、启动信号处理装置；

　　2、草莓下落并在下落路径上切断激光束；

　　3、光电转换器收到信息，信号处理装置开始运转；

　　4、草莓落入匙中激起奶花；

　　5、奶花飞溅至理想状态时，信号处理装置发出指令，高速频闪灯以 1/20000 秒的频闪发光，至此，拍摄结束。

　　拍摄此图片成功的要点：

　　确定激光发射、接收器在画面外的位置；

　　试验、调整并确定草莓切断激光束落入牛奶中奶花飞溅至理想效果的时间，这个时间大约是 50 毫秒至几个毫秒的时间。它与路径的长短、下落物体的形状、重量有极大的关系。

　　感受数码机背的迟滞量，并调整，虽然很小的迟滞量，但有影响。

　　多拍它几十幅，很可能有戏剧性的效果出现。

鱼

哈苏 503CXI　120mm 镜头　6 × 6 画幅

f22 1/125 秒　柯达 E-100 反转片

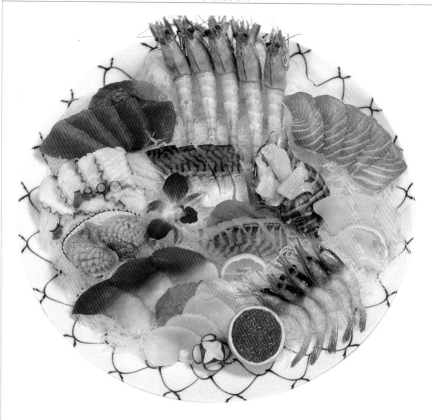

日本料理

富士 601 数码相机 光圈 f8 速度 1/60 秒

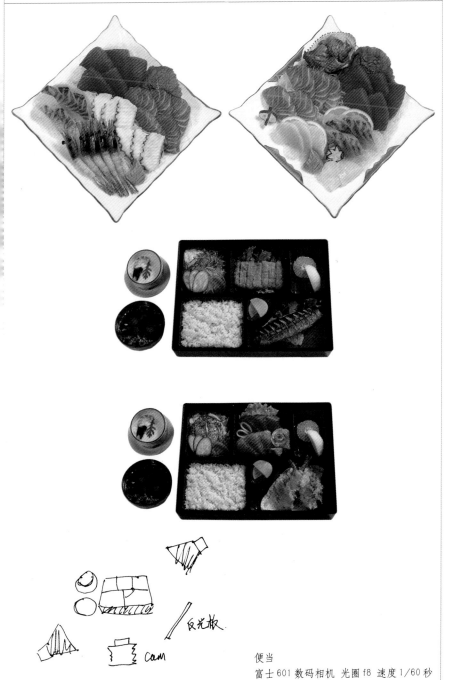

便当

富士601数码相机 光圈f8 速度1/60秒

艺术品

艺术品的拍摄是摄影对象中最特殊的。之所以特殊，就是你必须尊重所拍摄的艺术品的艺术风格，表现出原作者所赋予这个艺术品的思想性、艺术性。对于摄影师来说，能够忠实地将这个艺术品"克隆"下来是最重要的。而要在拍摄的过程中，没有因为我们对于这件艺术品理解的不深刻、用光不适当或摄影技术不过硬而影响了作品的表现，实在是极不容易的事情。

不同的国家、地区和民族，不同的历史年代，不同的艺术发展阶段，艺术品的风格、材质和表现的题材都不尽相同。当你拿到一件艺术品的时候，你要知道这件艺术品诞生的年代，要和这位知名的或无从知晓的作者尽量地拉近彼此间的距离，从作品中看到他（她）的创作构思，了解作品诞生年代的物质条件和精神环境，这是拍好艺术品照片的必要条件。

艺术品的拍摄，用光最用心思。一般来讲，正侧45度的光线是适合于大多数场合的。

曾经有一幅描写江南小景的油画，我在复制的时候只使用了一只灯具：加有很大光棚的影视灯，我模拟了江南的阴天的光线，光源与油画保持

较远的距离，效果很好。我的意思是：画家作画时候的光线情况，我们为什么不去还原一下呢？当然这只是一个建议。

纺织品

纺织品给人的直观感觉就是色彩和质感，这两点也就是摄影师在拍摄纺织品时要着力表现的重点。各种纤维的品种不同、纺织工艺不同，所生产出来的纺织品在质感、手感、色彩等方面都有较大的不同。客户对纺织品图片的要求是很高的，主要集中在对面料的质感和色彩上。客户制作产品型录时，对纺织品图片的色彩还原和织品的纹理都不允许有任何偏差。

纺织品中的棉布和毛料织品，都属于对光线呈吸收性质的被摄体，再拍摄布光时不会出现反光现象。

最典型的要数黑色的天鹅绒，它大约吸收了97%的光线。这类织品有较平细和毛纤维明显的两种，你可以在布光中分施以不同的手法来表现。

对于较平细的织物，可采用光质柔和的主光。光位定在高位逆光或侧逆光。

毛纤维明显的织物，主光的光质要适当的硬一些，光位不宜过高，在逆光或侧逆光的方向布置。在主光的相对位置或相机附近加柔和的辅助光。

丝绸和锦缎这类织物，有漂亮的花纹和讨人喜欢的闪亮光泽，面积大些的、柔和的散射光很好用。将

玛米亚 RB67 相机   180mm 镜头   光圈 f22   1/250 秒   闪光灯照明   AGFA 100 反转片

丝绸和锦缎平展地拍摄下来，是最大的失误。要弄些有明显走向的起伏和褶皱，使人联想到穿着感和清风在吹拂的快感，并且褶皱处非常容易在辅助光的照明下形成光带和光斑，更加突出了丝绸的质感。

纤维制品的毛线、绒线在拍摄布光时主光的光位是稍后侧的顶光，光质稍硬些为好。光比可以根据被摄体的色彩作适当的调整，明度大的，光比大一些，反之则小一些。但总的来说，光比大一些比较好，过小的光比会使毛线、绒线的体积感和蓬松感变的很差，高光位要控制好光线强度，不要失掉层次和质感。

极薄的纱一类纺织品，一定要用侧逆的透射光来表现才好，不然就表现不出产品的特点。在曝光时可以用经验与技巧里面讲到的"正负2.5EV值曝光法"来控制高光位的层次，要做到高光通透中保持着"有限层次"。所谓"有限层次"，就是为了表现特定的效果而保持既定的影调区域。为了实现"有限层次"你就要有熟练的控光、布光的能力。"有限层次"的应用，完全靠曝光是不完整的，布光的过程同样极其重要，曝光只是其中的一个环节罢了。

模型与沙盘

尽管随着科学技术的飞速发展，CAD 及三维空间虚拟技术令人可以想入非非，但是设计时还应认真看一看，实际接触一下，感受具体目标与环境的协调，是否达到设计要求和存在的问题，例如设计小汽车的外型，1:1 的模型是每每必须的，总之，用模型还是非常具象的。

模型的拍摄，视点的选择应该是相当于人站在真实的设施前所看到的透视关系一样。其中的道理很简单；若你在拍摄时选择的视点不正确，就极可能使看过这幅图片中所表现的内容的人，在看实际的东西时感到似乎在受到愚弄。

例如拍摄一件大型设备的模型，设备的高度是2500毫米，模型的高度是实际尺寸的五分之一，即500毫米。那么你在拍摄这件高度为500毫米的模型时，你所用的相机镜头轴线的高度就是340毫米（照相机与模型同在一个水平面内）。具体的计算方法如下：

你可以用选定的人体高度（例如1700毫米）来除以模型缩小的比例：

即 1700 / 5 = 340（毫米）。

为什么这样计算呢？因为一个身高1700毫米的人在观看高度为2500毫米的设备所处的视点应该和相机镜头轴线与模型的高度成比例，你尝试计算一下人与设备、相机与模型之间有关相对高度的数字，这对你是有帮助的。

至于拍摄鸟瞰效果的建筑模型画面，就比较随意多了。因为与实际空中拍摄的效果相比，至多相当于你"航拍"的高度有一点误差罢了，况且拍摄鸟瞰模型就是因为你的客户不准备租用飞机进行航拍的原因，所以也就没有有关拍摄视点所产生的一些问题了。但是你在对模型进行布光时，你可以将"太阳"多换几

个位置，多拍几幅片子给客户看，或许能增加你的收益呢。另外将模型置于户外，由阳光来照明也是很好的办法，光比由反光板来调节到适合的程度。

小心的控制你的人工光源，建筑模型的用光要遵循"天无二日"的原则，你要将模型当作真实的建筑来拍摄，任何杂乱的光线都将影响拍摄的效果。当然，反光板还是要用的，因为即使在日光照明的环境也还是有天空光照明的。

最后是关于镜头焦距和景深的问题。

镜头的焦距不要选得过短，较长焦距的镜头透视比较自然，唯景深相对较浅。很短焦距的镜头，在俯仰拍摄的时候，画面会产生强烈的汇聚现象，与真实场景的透视差距较大。

拍摄模型图片，切记被摄主体应该全部清晰，不要有模糊的区域。所以，可以进行各种调焦的单轨相机是非常必要的，因为这样可以获得很大的景深。但是，你仍要使用小光孔来拍摄才能满足景深的要求。

沙盘的拍摄，可理解成你在进行一次"航空拍摄"，在这个航拍的过程中有两个要点必须小心处理：1.沙盘所描写的地理环境要了解详细，特别是沙盘所表示的方向要与当地的某一个季节的阳光照射的方向相符合。

ProS₂数码相机 f22 1/125秒拍飞机模型 蓝天由电脑合成加入

体育用品

通常体育用品的广告图片容易引起好动的年轻人的注意，产品的表现要富有动感，即使一件固定拍摄的体育用品，如果配上运动中的画面作背景，效果要好得多。

光线的运用可以充分考虑户外光线的效果，使得拍摄效果更加自然。当然，好多的运动项目是室内进行的，我们要根据实际情况来处理光线的运用。通常体育用品的拍摄与其他的产品拍摄没有更大的区别，需要注意的是：为了突出产品的特点，要更加强调陪体和环境对产品的衬托作用。

第五章 外景及棚外摄影

适用的器材

外景摄影的器材从 35 毫米小相机到大型的 4 × 5 相机英寸都很好用。这主要看你的客户对你提出的要求是什么。

35 毫米小相机有着轻便、易于操作、镜头规格丰富，特别是配备有移轴功能的镜头更适合进行外景摄影，这种镜头可以校正由于俯拍、仰拍造成的景物汇聚现象。

中画幅的相机既有较为轻便的优点，也有画幅较大，可以制作大幅面图片的特点。若还需要更大幅面的制作，4 × 5 英寸的单轨相机就是首选。更大的画幅如 5 × 7、8 × 10 英寸的大型相机重量较大，不便于携带。只是由于底片很大，效果令人震撼，仍然吸引了一部分摄影师的青睐。

数码相机仍然当属安装数码机背的中画幅相机，它文件数据量较大、成像效果好，特别是所拍摄的图片用于四色印刷时的效果很理想，其主要的原因是减掉了必须扫描所拍摄的底片后才能得到数字文件的过程，避免了在中间过程所造成的损失。但是你在户外用数码相机来拍摄，最好要携带一个便携的文件下载设备，这样你就可以无所顾忌的进行拍摄了。

你还要有一个铝质的器材箱，它可以保护你的器材不受碰撞，还能让你的每一件器材都有固定的安放位置，这样比较方便好用，比常见的摄影包要好得多。

你除了给每一个镜头必须准备的遮光罩以外，还要准备一块 5 × 7 英寸大小的硬纸板。当遮光罩不能避免镜头受到阳光直射而出现炫光的时候，你将硬纸板用手举起，让它的影子落在镜头上，并且不要在取镜框内看到它，你就可以放心的拍摄了。

你还要准备一把雨伞和其他一些东西，它们能让你受益匪浅：

* 下雨了要用，

* 遮挡阳光对你和相机的干扰，

* 有风影响你的相机稳定性时，用伞遮挡一下，

*快门的控制线、调焦用的放大镜和黑色蒙布、滤光片、测光表、坚实的三脚架。

*照明设备是必需的，卤钨灯与白炽灯都能很好的照明，你要在色彩平衡的问题上认真地想一想，灯光型胶片？雷登 85 滤光片？特殊的色调？长时间的曝光还要选择倒易率特性好的胶片，除非你依靠自然光来照明。

卷尺可以测量被摄体的尺寸，你可以把它作为制作比例图片时的依据。就这样，去拍摄吧。或许还少点什么东西，你动动脑筋想一想，好吗？

建筑摄影

建筑摄影是一个城市的缩影，并且决不是拍一些房子就算是建筑摄影了，你要把你面前的建筑当作一件大型雕塑来拍摄。既然我们说建筑是件大雕塑，那么，你就要把建筑师的设计思想和理念拍摄出来，如建筑的用途、时代风格、建筑物周边的环境、建筑物与阳光的相互关系及与周围建筑物的关系。

这个题材的拍摄要求：

a. 图片的清晰度要好，并且要把全部建筑物的结构、材质、特点都拍得非常清晰，因为这个建筑物就是你拍摄的主体。在这一点，建筑摄影是有点特别的。

b. 视点的选择与透视的控制要严格。视点，就是你和图片的观赏者的眼睛观看被摄体的位置。视点的选择决定了这幅图片是不是很好看，对于摄影师在决定视点的时候，要在好多的视点中，用眼睛及通过照相机镜头进行仔细审视和观察后方可决定。一个好的视点，决定了你拍摄的建筑摄影图片的总体感觉。

建筑摄影的图片，我们对于水平透视是认可的，而对于垂直线的汇聚是难以接受的，所以摄影师总是像难为自己一样的千方百计地校正垂直线的汇聚。对于仰视或俯视拍摄的、视差校正得很好的建筑摄影图片，我们就叫它为比较特殊的、有视觉冲击力的建筑摄影图片吧。

c. 色彩、影调、层次要做到精确的控制。

为了准确地还原被摄建筑物的色彩，在使用彩色反转片时要更多的使用滤光片，对影响色彩还原的光源色温进行转换及平衡调节，对在拍摄黑白胶片，以影调来表现建筑物的摄影中，滤光片则可以魔术一样调节被摄景物的反差（见滤光片一节调节被摄景物的反差)

拍摄建筑所依靠的光线主要是自然光，摄影师几乎完全服从于天气的变化，我们所能决定的只是拍

林哈夫 8×10 单轨相机　210mm 广角镜头　f22　35秒

摄的时间，你要仔细的观察太阳光线投射在建筑物表面的效果。

一般的来讲，45度侧光可以很好地表现建筑物的总体结构和材质，而柔和的侧光对建筑细部的描写无疑是最好的。逆光只能表现建筑物的轮廓，正面光将使建筑物的一切都平平淡淡，这两种光线不适合拍摄建筑物，因而极少采用。

建筑物的夜景画面很能吸引人们的视线，黎明和黄昏的时候也是拍摄建筑物的好机会。我喜欢拍摄被称之为"暗湖蓝"天空的夜景，纯黑天空的夜景图片不符合我的视觉习惯，即使是有一点蓝调子的夜景也要比黑黑的夜空有味道。"暗湖蓝"的拍摄时机一般不会超过30分钟。

利用黎明和黄昏这个时机拍摄建筑物，你得格外抓紧时间，你要早一点来到拍摄位置，做好拍摄前的一切准备工作，当你认为最好的时机来到时，稳稳当当按下快门吧，你的作品诞生了。

建筑本身的照明光源也是很好的光源。你只要用1度点测光表测量并读取建筑物最亮和最暗的部位，若在5至6级光圈范围内，你便可以按中间值来曝光，即使可能有相差7级光圈的亮度，你仍可以利用两次曝光的方法来补偿，具体的方法如下：

利用天色已暗，"暗湖蓝"色的天空尚未出现，你做第一次曝光，这次曝光只要求建筑物最暗的部位出现有限的层次即可，不可以拍成"白天"效果的片子来。接下来你要等待那个"暗湖蓝"色的天空出现，在最好的曝光时机到来时，你要抓紧时间做第二次曝光，这次曝光是针对建筑物进行的，曝光值可以按照测光表给出的读数值进行，关键是你读取的数值是建筑物的哪一个部位，你一定不要测量建筑物的较亮和很暗的部位，看起来越是接近18%中性灰的位置才是测量读数较准确的。

在这里你还可以尝试应用"消光法"来测量曝光数值，具体操作如下：

▲选择你最习惯的夜景曝光时间，例如15秒。

▲你慢慢地将镜头光圈从最大光孔缩小到你用肉眼难以辨别最亮部位的层次，这个光圈值可能是f16、f11或f8。

▲你按这个曝光组合进行一组括弧曝光，调整的对象是曝光速度，例如：5秒、10秒、15秒、20秒、25秒等并做好记录。

▲在冲洗后的底片中你选择效果最好的一幅，当然你也知道了是什么曝光速度与这个光圈组合所得到的拍摄结果。

▲如果底片的密度不合适，你就增加或减少曝光时间而不是去调整光圈的大小，因为你选择的光圈就是你期望的景深和影像质量。

哈苏503CXI　40mm 广角镜头　f11　8秒　富士普尔维亚Ⅲ型反转片

教堂夜色 TOYO 450 4×5相机 150mm标准头　f22　30秒 柯达 E-100 散页片

展厅 富士S₂ 相机 15mm 广角镜头 f11 1.5秒

建筑摄影的器材

谈到器材，也许没有比 4×5 英寸单轨机背取景相机更好用的了。其原因有两点：第一，它的底片面积足够大，为了得到足够的精度所付出的重量也相对最小。第二，它可以移轴、摆动进行调整透视。

下面的图示、图列就可以看到这类相机的优点。

中小画幅的相机如果配上移轴的镜头，也可以拍摄出很好的画面，只是有时候所拍摄的建筑物有明显的"船头效应"很不好看，但你如果注意调整拍摄机位，是会好得多的。前提是你能有足够的拍摄空间来移动机位，并且周围的建筑不会影响你的画面构图。

尼康 FM2 相机　35mm 移轴镜头　富士 100 彩色负片

哈苏 503CXI 相机　40mm 广角镜头　f16　8 秒　柯达 64T 灯光型反转片

办公环境与车间

这是一个似乎非常容易做的题目。

可当你真的拍过之后，并且认真地总结过以后，你一定会说：还是有好多的问题要研究呢。

问题一：被摄环境的照明与色彩还原。

如果你拍摄用的是彩色负片，我们就把这个问题放弃掉，因为彩色负片在制作图片的时候可以将色彩校正得大致很好。当然，你仍可能在拍摄中使用能够校正色温的滤光片。

可是你若用的是彩色反转片，问题就不那么简单了。

一般办公环境采用日光灯照明的居多，而这是最棘手的照明环境！首先，现在各种日光灯管的品牌多得很，它们的色温和显色性都不一样。你在拍摄中企图用校正色温的滤光片来完美表现拍摄环境是很困难的，就算你用色温表测得了滤光片的数值，可天知道你上哪里去找这些怪怪的滤光片。

我的经验是：一定要先试拍，冲洗后根据拍摄效果选用最可能接近还原的滤光片。最后将所摄底片在扫描成数码文件的过程中，仔细地校正到最接近实际环境的效果。最后，再将校正好并经过仔细剪裁的文件请客户来看，通常效果较好。

问题二：较长时间的曝光与成像精度。

在长时间曝光的情况下，成像精度受外部客观原因影响很大。

首先，你要有一支稳定的三脚架。我曾经看过这样的试验：将传感器安放到脚架的云台上，传感器接受到的信息，由电缆传送至输入专用程序的计算机中。当脚架上的照相机光门启动时，传感器接受到照相机发出的震动，于是我看到了在显示器上显示出的震动曲线。令我感到惊奇的是：不同的三脚架的震动曲线竟有非常大的差别！也就是说，不同的三脚架吸收震动的能力是有区别的。我看到最好的试验结果与我想象的出入极大；一只德国产的木制三脚架表现最好，而铝合金的制品还真的没有胜出。

这个试验也给了我很大的震动，原来认为稳定性不成问题的三脚架，也在成为影响我们拍摄质量的因素！所以，尽管还用原来那只较粗壮结实的铝合金脚架，但每次按下光门启动钮前，还是先将反光板预升了起来，并且稍后片刻再进行曝光。

问题三：较长时间的曝光与色彩还原。

彩色胶片因为互易律失效的原因，在长时间曝光时，色彩平衡会受到明显的影响。而在红绿蓝三种感光层中，哪一种感光层受影响最大，通常专业彩色胶片会给出说明，并且要求你使用某种滤光片和补偿曝光。在做补偿曝光时，一般通过开大光圈来补偿，因为用时间来补偿会进一步加剧色彩平衡的破坏，非极端情况下不用这种方法进行补偿。

至于拍摄车间，除了有上述的问题之外，还有要善于选择拍摄视点，要表现出车间的宏大、设备的精良。在拍摄中，一定要组织好现场的工作人员、调动好他们的情绪，不能有人为了好奇向镜头方向观看，这样会干扰正常工作气氛。也可能你需要选择一个或几个处于前景的人物来使你的图片更有味道，有人员走动形成动感模糊的感觉也很好，动静相宜产生和谐的对比有助于画面的可读性。

柯达彩色补偿滤光镜

最高密度	黄色（吸收蓝色）	增加曝光	粉色（吸收绿色）	增加曝光	青色（吸收红色）	增加曝光
·05	CC-05Y	---	CC-05M	1/3	CC-05C	1/3
·10	CC-10Y	1/3	CC-10M	1/3	CC-10C	1/3
·20	CC-20Y	1/3	CC-20M	1/3	CC-20C	1/3
·30	CC-30Y	1/3	CC-30M	2/3	CC-30C	2/3
·40	CC-40Y	1/3	CC-40M	2/3	CC-40C	2/3
·50	CC-50Y	2/3	CC-50M	2/3	CC-50C	1

最高密度	红色（吸收兰、绿）	增加曝光	绿色（吸收兰、红）	增加曝光	兰色（吸收红、绿）	增加曝光
·05	CC-05R	1/3	CC-05G	1/3	CC-05B	1/3
·10	CC-10R	1/3	CC-10G	1/3	CC-10B	1/3
·20	CC-20R	1/3	CC-20G	1/3	CC-20B	1/3
·30	CC-30R	1/3	CC-30G	1/3	CC-30B	1/3
·40	CC-40R	2/3	CC-40G	2/3	CC-40B	1
·50	CC-50R	1	CC-50G	1	CC-50B	11/3

医学与科研摄影

通常这类图片有资料片的味道，在学术交流、专业图书和资料保存中很常见。既然是资料片，这些图片中就要表现很多能够体现专业水准的内容，而且还要用到一些平常很少用到的器材。

首先，具有微距功能的镜头是必需的，因为你经常要拍摄很小的被摄体。

只以毫米为单位的直尺，它用来摆放在被摄体旁边，可以让观看图片的人知道这个被摄体的大概尺寸和比例。

一些染色剂在拍摄组织切片时将被用到，以便能更好地观察被放大拍摄后的结果。

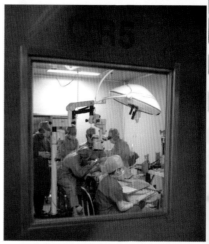

测光表用来测量入射光和反射光及 1 度点测功能为最好。你还要准备一些滤光片、秒表，最好再有"冷光源"的灯具，滤光片可以选择偏振镜，用来控制有害的反光和调整图像的反差，秒表可以在控制时间时发挥作用，而"冷光源"的灯具是用来拍摄某些活体组织，避免因为灯具的高温及红外线的加热对这些特殊的被摄体造成损坏。

科研摄影要在课题组负责人的指导下进行，对于拍摄的比例、表现的内容等要求了解清楚，免得"文不对题"，还会失去重要的拍摄机会。

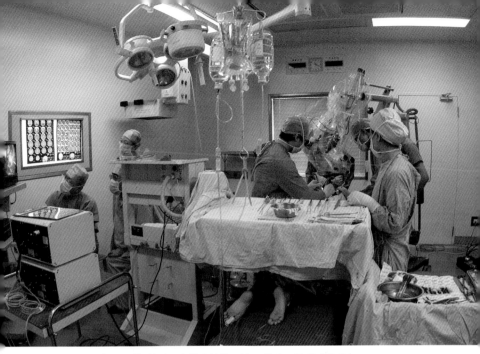

尼康D100数码相机 自然光拍摄 20mm镜头 f5.6 1/2秒

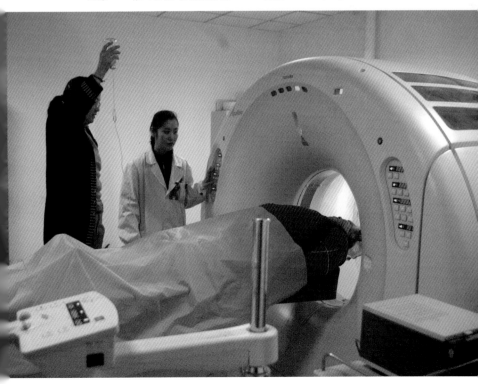

尼康D100数码相机 自然光拍摄 16mm镜头 f5.6 1/8秒

大型产品摄影

所谓大型产品，是指有几米、十几米长或高的产品，例如机床、汽车等。

大型产品的拍摄，需要有大面积的、柔和的灯光。我们平时用的小面积的光棚和常用的泛光灯都不好用，单只灯照射的面积较小，并且亮度也不足。用多只灯照明，落在产品上的交叉影子十分难看，好多的反光点使产品显得很零乱，你会感到非常别扭。怎么拍好大型产品，照明是很重要的一个环节，大面积的、发光柔和的灯具是必不可少的，至少你要用下面的照明方法来照明才可以得到好的拍摄效果。

首先，你要预备几米长的、双层的白色尼龙绸，这就是你的"大面积的,柔和的灯具"，你要将它布置在你认为适当的地方，然后用 N 只闪光灯透过它向产品照明。不过还是把那 N 只闪光灯的反光罩取下来，用 N 个矩形的光棚来替代为好，只不过业余条件下很少有这么多的光棚。

至于"个头"较高的大型产品，你根据上述的例子，会知道如何去做的。

户外拍摄大型产品是可以的，常见的问题是产品光滑的油漆涂饰会反射周围的景物。你可以尝试用偏振镜来解决，可能有一些非偏振光或偏振角不对无法消除这些映射，对于这样的情况，我们只好在拍摄机位的反射角布置一面"墙"了，这面"墙"要平整、哑光，灰色的无纺布比较适合我们的要求。

拍摄的天气以轻度的阴天为好，均匀柔和的光线会创造适当的反差。客户若对色彩还原要求严格，你还得在镜头前加用一片"雷登"81 C 或 D 的色彩平衡滤光镜，因为阴天下的色温很高，能达到 7000 K 以上的色温，使拍摄的反转片呈偏兰状况。

照相机一定要架平，不要出现垂直线条的汇聚！水平透视的控制只好用单轨相机来解决了。拍摄镜头的焦距长一点为好，特别是使用中小画幅相机的摄影师更是如此。

在拍摄大型产品时，你若能注意到拍摄比例就更好了，例如你可以告诉你的客户：我为你拍摄的产品比例是 1:20，你可以在销售产品时作为参考值与其他的同类产品作比较。

你在拍摄的产品旁边放一块18%的灰板，可以在以后制作校色的过程中有一个基准值作为比较，因为你可能没有机会再看到你所拍摄的产品了。你将很难凭记忆来校正颜色，并且色彩还原的准确程度也不高。一般的来讲，如果排除感光胶片、冲洗过程、拍摄照明色温等因素，只要校正了 18 % 的灰板颜色，你拍摄的产品展览环境色彩平衡是没有问题的。

这是出外景拍摄的"棚内"摄影。你的拍摄环境不那么艰苦，你的工作会比较从容，但也有麻烦的事情常常使你头痛；例如展览所布置的灯光，可能在同一展览场合的照明灯具的色温都不一样，你在拍摄时很难校正色温。另外，有很多的展览环境的光比可能很大，你还得想办法解决光比等好多不大也不小的问题。

首先，拍摄这个题材最好是用宽画幅的照相机，6×12、6×17厘米 都是很好的选择，当然4×5、5×7 英寸的单轨相机也是至上的品种，因为你要经常用到移轴和摆动的技法。胶片的平衡色温3200 K 和 5600 K 两种都可能要用到，感光度以中速片为好，无论如何我们还是注重影像的效果和质量的。

关于色温的问题，你要尽量加强在你相机镜头视野中的照明光源的强度，其目的是用现场主要的照明光源加上你辅助的同类色温光源来抵消其他的、占少数的光源色温的影响。否则，你拍摄出的片子有两种色温的光源在底片上显现出不同的色彩，而且在制作图片的时候很难校正到准确一致的颜色。

当你遇到拍摄的展览环境光比过大的情况时，唯一的办法是加强暗区的照明，减少拍摄区域的光比。

如果你拍摄的场合有参观人干扰你的工作，你可以有礼貌地请他离开拍摄现场，当然这要得到管理人员的同意才行。应用特长时间的曝光也可以使拍摄现场流动的人不出现在画面上。

展览橱窗的拍摄最好安排在晚间，因为晚间可以利用橱窗的照明来拍摄，从而避免白天拍摄时遇到橱窗的反光和映射街面环境等麻烦。

航空摄影

有时因客户的要求，广告摄影也涉及到航空拍照，航空摄影对于展示企业的外观有着独到的表现力。在航空摄影中，多半采用小型飞机，以双翼及单翼的运5和运12为多，有时也采用蜜蜂等直升飞机。

在航空摄影中，一般的摄影器材都可以运用，由于要求精度较高，我们多半采用120相机为主，最好用带有卷片马达的相机，这样使用起来比较方便，如果拍摄的数量不多也可以采用林哈夫、霍思曼等4×5英寸的相机，我们在使用中，为了方便多半运用的是120胶卷的6×9及6×12的后背。

胶片选择感光度100的反转片及负片就可以，感光度太高的胶片颗粒较粗，放大照片及应用到印刷品上不如感光度100的胶片。相机的速度由于飞行速度相对较快，一般采用1/500秒，直升飞机速度较慢，特别在悬停时会给人相对较稳的假像，但由于飞机的颤动，所以相机仍旧应该采用较快的速度。

飞行之前要研究好被拍摄物，对它的形状方位、光线条件做到心中有数，在选择飞行路线上要规划好，因为时间就是金钱。事先要和领航员及飞行员商量好。

拍摄时间一般选择早晨为好，因为太阳升起后，地面水蒸汽会对拍摄效果产生很大影响，早晨空气透视较好。在拍摄当中，适当的加装

哈苏 503CW 相机 80mm 镜头
F8　1/500 秒 富士普尔维亚 F100 反转片

UV镜，也是很必要的。

拍摄当中，安全是很重要的，一般由飞行员协助，系好安全带，相机的镜头盖后背插板要提前收好，直升飞机在空中拍摄时可以打开舱门，运5和运12飞机在拍摄前可以卸掉舱门，在舱门下面最好横一块木板，防止器材物品等滑出机舱，拍摄当中，门的两侧位置较好，也可以趴在机舱地板上。中画幅相机最好用眼平观景器，因为腰平取景器在拍摄中取景不太方便，另外，飞行中的大风容易吹倒取景器的侧板影响取景。

在拍摄中除注意构图的完美之外，一定要注意地平线要保持平直，光线以侧光及逆光为好。

哈苏503CW相机　80mm镜头　F8　1/500秒　富士普尔维亚反转片

哈苏 503CW 相机　80mm 镜头　F8　1/500 秒　富士普尔维亚 F100 反转片

哈苏503CW相机 80mm镜头 F8 1/500秒 富士普尔维亚F100反转片

近距摄影

专业器材

用于近距摄影的镜头：

在广告摄影中，小件产品占了相当大的比重。因此对小件产品的拍摄就在这一章里单独的讨论。一般的来讲，当物体在底片上的尺寸是实际尺寸的1/4至1：1时，我们就将这样的拍摄称为近距摄影或微距摄影。由于这种摄影较之其他的摄影有很多的不同之处，所以请你也要特别的留心这一章节。

近距摄影要用适合近摄的镜头，35毫米小相机和大、中型相机都有专用的微距镜头可以选用，仅仅靠理论上的缩小物距、加大相距得不到优秀像质的图片。因为普通的摄影镜头对成像质量的校正，是通过对50倍镜头焦距以外的被摄物体来完成的。所以，当被摄物体在小于这个距离的范围进行拍摄时，所用镜头的成像质量就会急剧的下降。若你没有这方面的经验，你用非近距摄影镜头拍摄大倍率的近距摄影，你将会得到令人绝望的底片。

近距摄影的景深

近距摄影的景深是极短的，获取影像倍率越大，景深就越短。通常要收小光孔来增加景深，但是过小的光孔会使通过镜头的光线在镜筒内产生绕射现象，损害了影像的明锐度。所以，35毫米小型相机在拍摄大倍率画面时，对于景深的调控远不及大型单轨相机的自由度大。所以你在近距离拍摄物体时，你若感到景深不能满足你的要求时，你应当试试大型相机，感受一下这种相机对景深的控制能力。

特殊的照明

近距摄影的照明比较特殊，特别是在物距很短的情况下你将很难进行布光。有几种特殊的照明办法可以解决这些问题，在这里介绍给大家。

A.采用环形闪光灯：这是一种专用的照明装置，你若懂得电工原理，你甚至可以将普通的闪光灯改装成环形闪光灯，你要改动的地方有两个：

1、选一个环形的闪光灯管，它的直径应该大于你的拍摄镜头直径。

2、减少原电路中储能电容的容量和数量，也就是说这个改动后的装置输出能量要小很多才好用，你可能要认真地匹配一下闪光灯的输出量，为的是你可以选一个较好的光圈来拍摄。

上述的两点要否进行，主要看你是否高频率地进行这种拍摄。另外要请专业的电气技师来改动并且要小心从事，因为电路里的电压是很高的，通常在600伏特以上的电压是常见的。

B.斜相照明法：

你可以选择装饰用的射灯，这种灯的光束比较集中，也可以用幻灯机做光源，调整镜头的焦点聚焦于被摄物体上，幻灯片框上可以加装按需要所开的圆孔。你还可以用小镜子将光线折射到光线难以照射到的部位。

C.轴向照明法：

在某些情况下只有从镜头的轴线方向对物体进行照明才能达到满意的效果。为此，你要准备一块半透明半反射的镜片，按照图示的办法来拍摄才可以达到目的。通常非专业摄影师不易得到上述的器材。

D.切向照明法：

用一台幻灯机，幻灯片框中装一片开有窄缝的遮片，你让光线与被摄平面近乎平行地掠过被摄平面。这种办法可以拍摄表面有很小起伏的物体，例如钱币等。

如何决定曝光

因为近距拍摄而大于了相距，所以必须额外增加曝光来补偿损失的光线。补偿的计算方法如下：（公式）

查表求得补偿数据比较便捷。见补偿列表：

曝光补偿量的决定，除了以计算的数据进行补偿外，还要根据被摄物体色调进行修正。色调较深的

近距离摄影曝光补偿公式：

$$曝光补偿倍数 = \left(\frac{皮腔（接圈）延长数}{镜头焦距}\right)^2$$

例：1只50mm近摄镜头，在近距摄影时接用了100mm的接圈（皮腔）则

$$\frac{100}{50} = (2)^2 = 4（倍）$$

计算的结果需要增加两档的曝光量

物体可以加1/3至1/2的曝光，可以很好地保持暗部层次；色调明亮的物品，适当的减少1/3的曝光量，高光位明亮且调子丰富。总的来说，测光表所提供的曝光数据，与测光的经验有很大关系。同一场景的测光，相差半级曝光量是极正常的，而半级曝光量可能就是作品成败的分水岭。

在进行长时间曝光时，还要注意胶片的互易率失效的数据，有的胶片曝光时间在100秒时，只要补偿1/3级光孔即可，而某型胶片在10秒以上的曝光，就不推荐了。是补偿光圈还是补偿速度，是要从拍摄的效果确定的，即景深表现的范围，用光圈补偿；只能建立在你已经满足了补偿后的景深范围。否则，你只能用补偿速度的办法来解决曝光不足的问题，但你可能因为互易率失效的关系要多补偿很多的曝光时间。

为了得到更清晰的影像

以下几个要点可以使我们的拍摄质量得到提高：

首先你要选用消色散的镜头。

没有对色散进行矫正的镜头无法拍出非常清晰的画面。

另外，拍摄中的震动也是影响清晰度的重要原因，很多的人认为影室电子闪光灯的闪光速度是千分之一秒，这样高的曝光速度足以抵消相机的震动，因而不太注意这种因素对成像质量的影响。要知道这样的看法是错误的！普通的影室电子闪光灯的闪光速度只有1/200至1/300秒左右，若是在拍摄动态的模特时，模特会按照艺术指导和摄影师的要求尽情表演，也许有的时候动态的速度会很高。在这种情况下，你不可能拍到极清晰的图像。

如果你是在进行近距或微距摄影，就更要特别注意。因为相机的震动造成影像品质的损失程度与成像倍率成正比。其实这里的道理很简单：物距越短、相距越长则影像被放大的倍率越大，这是每一位摄影师都知道的。同样，因为相机震动造成在焦平面的结像摆动的幅度，也随着成像倍率的增加在加剧，所以当你开启快门的时候，一定要使相机稳定下来！你的快门启动连线要选很柔软的品种，气动连线比较好用，你可以试试。

现在国产的影室电子闪光灯，只有极少数的品牌可以做到闪光速度接近1/2000秒，国外的产品能达到这个指标的也很少，并且价格较高。主要的原因是闪光灯的输出功率与闪光速度之间的矛盾，闪光灯输出功率小，频闪速度可以很高，输出功率越大，频闪的速度就越慢。要大功

率、高速度，就要设计特殊的电子线路和特别的元器件。极高的频闪速度如几万分之一秒以上的大功率闪光灯（大于200焦耳以上）也许只有在科研实验室才能见到。

精确的调焦是必需的，若使用机背取景相机，你一定要准备一只3至5倍的调焦放大镜，过大的倍率将毛玻璃的沙点看得太突出，其效果反而不好。

焦点要对到哪里是要认真对待的，常听到的说法是将焦点对到期望焦点范围的前三分之一处，我在对关于景深的公式进行认真地研究和计算后，发现景深范围的分布并不是固定的前景深短、后景深长。而是在对焦距离很近的时候，前景深、后景深向着趋于相等的方向发展，这对于在广告摄影创作中对景深斤斤计较的你是很重要的。你可以尝试将一些相关的数据带入下面的公式中：

见公式：

式中　1_1-镜头与清晰范围的最近点间的距离。
　　　1_2-镜头与清晰范围的最远点间的距离。
　　　$f^`$-镜头的焦距
　　　F- 镜头的光圈数
　　　δ-容许的弥散圆直径
　　　1- 对焦的物平面到镜头的距离

距离平方反比定律
　　$E=I/1^2$

　　　E-照度
　　　I-光源强度
　　　1-距离

曝光量用数学式子表示为：
　　$H=E×T$

H-曝光量（单位：勒克司　秒）
E-象面照度，
T-曝光时间

焦深计算公式

$$\Delta = 2F\delta = \frac{2f^`\ \delta}{D}$$

式中　F-物镜的光圈书
　　　D-物镜的入射光孔直径
　　　δ-容许的弥散圆直径

景深计算公式

$$1_1 = \frac{1f^{`2}}{f^{`2}+F\delta 1}$$

$$1_2 = \frac{1f^{`2}}{f^{`2}+F\delta 1}$$

前景深　$\Delta L_1 = 1 - 1_1 = \frac{F\delta 1^2}{f^{`2}+F\delta 1}$

后景深　$\Delta L_2 = 1_2 - 1_1 = \frac{F\delta 1^2}{f^{`2}-F\delta 1}$

景　深　$\Delta L = 1_2 - 1_1 = \frac{2\delta f^{`2}F\delta 1^2}{f^{`4}-\delta^{`2}F^{`2}1^2}$

你可以将不同的对焦距离作为唯一的变动数据在式子中计算，计算的结果对你的影响会很大，你会在今后的拍摄中用它来指导你的拍摄。

最后你还要注意你的摄影镜头，绝对不要让它有直射的光线进入镜头！讨厌的玄光将极大的损失影像的清晰度。怎么办呢？你有遮光罩吧？用上它，你还可以用一些黑板在镜头附近进行遮挡，并且要收小你的镜头光圈（你拍摄的应用光圈），仔细观察是否有遮挡现象，若是，调整之。

时装摄影

器材与胶片
照相机：

在时装摄影的拍摄中，模特一般是在较快速的移动中进行表演，好多的精彩画面是在抓拍中得到的，即使是静止的模特造型也不会停留时间太长。因此摄影师要极大地减少操作的工作量，如调焦点、卷片、换胶卷等影响拍摄的环节。所以对时装摄影的拍摄器材提出了主题为"快"的要求。

具有自动对焦功能的35毫米小相机最快捷、最轻便，拍摄画幅多、配套镜头全、附件多，特别是近年来推出的带有陀螺稳定装置的镜头，可以在相对暗些的环境中拍摄较清晰的画面，是摄影师应用的最多的相机。中画幅的相机要数使用120胶卷拍摄6×4.5画幅的、具有自动对焦功能的相机为最好，虽说中画幅相机重量、体积较35毫米相机要大一点，但其所摄底片的面积是35毫米相机的2.5倍，可以印刷较大的开度或扩印大幅面的照片，并且有丰富的镜头群配套，因而也受到了广泛的欢迎，通常这类相机在品牌后面都冠之以645的后缀。

4×5以上的大型相机较少使用，主要是操作和技术上的原因，国外虽有使用大型相机拍摄时装摄影成功的例子，但巨大的开销和拍摄的难度是限制大画幅相机应用的难点。所谓难度，是指时装摄影经常要拍摄动感的画面以及要在模特的表演中抓取精彩的瞬间，而4×5大型相机一旦胶片盒置入机身后，便极难从焦平面观察取景，较重的机身也是其中的困难之一。

胶片：

一般来讲，摄影师总是追求形成影像的银盐和染料颗粒尽可能的细腻，要求在全影调范围内有丰富的层次和适合拍摄主题的理想反差，胶片的感光度和曝光宽容度亦要求在上述的要求得到满足的前提下尽可能的高一些。其实，在现时的条件下，这些要求很难同时得到满足，充其量折衷选择而已。

埃克泰克罗姆彩色反转片的某些型号，在时装摄影中是众多摄影师的首选，象感光度ISO200的EPD，感光度ISO160的灯光型EPT都是很好的选择。摄影师还关心所用的胶片迫冲性能对于胶片原有性能的影响程度，因为好多的拍摄环境并不是很理想，也不是摄影师所熟悉和了解的，而对迫冲性能的要求就是很自然的了。

单色的黑白胶片常常让人爱不释手，相当多的时装摄影精品就出自黑白胶片。黑白胶片的手工冲洗还将摄影师的风格带到他的摄影作品中来，即便是同一种黑白胶片，也没有能冲洗出相同"味道"的底片来的。

摄影师要经常了解感光胶片的发展和各种胶片的特性，并经常试拍新上市的新型号胶片，感受它们的特点，就能为拍好时装摄影做好充分的准备工作。

照明设备

影室闪光灯和经典的白炽灯具都很好用，只是后者对动态的画面不太适应，但是两者的结合使用，却常能拍摄出新颖的画面。

影室闪光灯的色温为5600 K，可以很好地配合日光型胶卷的色温平衡，但是不同品牌的影室闪光灯的色温是有很小的差异的。你可以用彩色反转片进行试拍，可以拍摄18%的灰板和柯达的灰度阶梯尺，并请品控较好的可以冲洗E-6工艺的冲印店来冲洗，柯达的优质E-6工艺品控被称为"Q-Lab"，被授予"Q-Lab"的冲印店是可以信任的。

在试拍的过程中，你要认真地检查可能影响色彩还原的每一个步骤，要确认在这些步骤中都没有影响对你测试影室闪光灯色温的因素。这些步骤是：

标准的18%灰板　布光　拍摄　冲洗　判读的灯箱色温

通常影室闪光灯的色温是不会有很大的误差的，如果在测试中发现色温不正常，建议要退掉这些灯具，而不能企图用滤光镜来调整色温，原因很简单：因为它们不合格！但是，有的影室闪光灯色温在全输出时是正常的，而在1/2、1/4、1/8、1/16等低输出量时却偏色。你可以对全部的输出级别逐级进行试拍，但愿你不要碰到那些鬼头鬼脑爱变色的家伙。

经典的白炽灯具一般色温不是很准确，我的建议是：你不必苛求！因为我们可以用滤光镜来调整它们的色温，用这些东西来照明拍摄时装照片，通常要试拍样片给客户看，如果你有机会听那些客户看了你所试拍的片子后的评价，那么以后的事情你自然知道怎么做了。

现代的卤素灯的色温是很准确的，用它们制作的灯具非常好用，色彩还原会令你满意，尽管可能滤光片还是要用到，但那是要对片子的"味道"进行再加工，没有两个客户会有相同的要求的。

卤素灯的工作时间是有要求的，例如它的说明书可能告诉你："这家伙有50个小时的寿命。"对此，你千万不要认为在这50个小时内它的色温都是一样的，严格地讲，它的色温每时每刻都在变化！只不过变化得很小罢了。而影室闪光灯倒是相对很稳定的。

关于现场光的应用，除了那个被称为"日光灯"照明的环境外，其他的环境都能拍出点节目来，因为"日光灯"照明偏色的毛病太令人难以接受，特别是人的肤色还原很糟糕。有特殊的日光灯可以发出近似5600K色温的光线，但很少见。

背　景

背景纸是常用的背景材料，它的规格是 11 米的长度，2.75 米的宽度，其颜色可以根据拍摄的题材来选择。制造厂商生产的背景纸颜色很多，颜色的代表符号是货号，你指定了货号就选择了背景纸的颜色。

有条件的摄影场地可以设置无缝背景，这种无缝背景是利用墙面和地面来搭建的，墙面和地面要请装饰公司的师傅来处理平整，相交的墙角用弯曲成弧形的多层板相连，相关的工艺可以与装饰公司的工艺师商议，但地面要平整结实，然后用涂料粉刷而成。无缝背景的颜色可以涂刷成白色，用加有色片的灯光照明，也可以涂刷成有颜色的直接应用。

各种布料、家居现场、精细选择好的外景地，都可以作为时装摄影的背景，只要符合画面的创意设计就可以。传情达意的季节、适宜的景致、令人心醉的现场光和模特的出色表演，成就了一幅幅美妙的时装摄影图片。

各种面料的布光

还原时装的色彩、质感、纹理和图案是摄影师拍摄工作中的要点，而布光就成了实现这些要求的重要环节。

一般地，纺织品的质感表现取决于灯光的光质和照射角度。色彩还原的效果与照明光源的色温、显色指数和被摄体对光线的反射、吸收特性有关。而纹理和图案则是两个概念，图案的表现需要摄影师的摆布和构图，而纹理则与镜头的物理特性和摄影师的调整、控制有关。我们了解这些相关的因素特点，对能更好地完成拍摄工作有极大的帮助。

时装模特

关于时装模特，无论他（她）是否是专业模特，你对他（她）们的肖像权应给予同等的重视。除了这一点，其他的问题都可以调整。

作为摄影师的你，应该和模特建立友好的关系，并且不仅仅是拍摄时的关心和帮助，平时的友好关系有助于拍摄效果的提升。拍摄中的一杯水、一声问候都能激发模特的表演欲望。拍摄前一天一定要叮嘱模特睡好觉，充分的水份和睡眠都是拍摄成功的保证。

你要了解你的模特，知道他们的特点和特长。每一个模特都有其独特的一面，你要善于发挥她（他）们的优点，鼓励的语言会激发模特的表演激情，你将有更多的机会抓拍到表演生动的画面。

最后你一定要与你的模特签订有效的合同，从而保证摄影师和模特双方的利益。

如何学习时装摄影

练习毛笔字有"描红"的办法，学习时装摄影也可以仿效之。观看时装摄影的图片，了解模特的表演技巧、观察大师们的布光技术、学习模特形体塑造的经验。对于经典的作品，不妨认真地模仿拍摄一番，从中体验创作的感觉。

熟能生巧，多拍摄、多总结，你会逐步地形成自己的特点。有计划多拍摄模特的表演是迅速提高自己技艺水平的好方法。

摄影师与时装设计师的交流

经常和时装设计师进行交流，了解他们的设计思想，掌握时装设计发展的动态是极有必要的，掌握了这一点你就可以与时俱进，不断地丰富拍摄表现手法和拍摄技巧。

形成独特的风格

记住这样的话：你就是你，你的风格就看到了你。你的灯光、你的构图、你的色彩、你的背景、道具……，或许模特也在慢慢地受你的影响而成了你。进一步地说，你的冲片技巧、你的暗房水平，都能体现出你的风格。

复制摄影

拍摄这类题材最好选用微距摄影专用的（达到 1:1 物象比）消色散镜头，这种镜头对影像的几何失真和色彩还原都有极好的校正。

无论是 35 毫米小相机，还是中画幅的、大画幅的相机，镜头都要有足够的延伸余地，以满足复制倍率的要求。

尽可能的选用大画幅的相机，可以加强对原件细节的描绘。

要用坚固的角架，稳定是第一因素。

原稿的种类

线条稿

这类稿件的复制，要用高反差的感光胶片与相应的冲洗药品。拍摄后的底片在冲洗过程中，稿件中最细的线条可以验证曝光量的大小；在白底黑线条的情况下，线条丢失或变细是曝光量过小；相邻极近的线条界限不清或相连、空白的部位

出现灰雾，就意味着曝光量过多。

全影调或部分影调稿

所有的图片、绘画作品在翻拍复制过程中，应该尽量保持原稿的原有色彩和影调，控制好反差和层次，任何控制上的失误，都将造成复制效果的劣化。

相机镜头的轴线与原稿

复制用镜头的轴线一定要垂直于复制稿件的平面。

经过精心校正的放大机立柱，可以作为翻拍机来用，校正的方法如下：将一块平面镜放在放大机的承影板上，再将照相机固定在放大机立柱上。你从取景器中可以看到平面镜中映射的镜头端面圆环，这个镜头端面圆环一定不在取景器的正中，你要调整相机镜头的轴线与承影板保持垂直，你可以用垫纸片的办法来消除另一个垂直面的误差。你若调整得好，你将在取景器中看到这样的画面。

同理，你在拍摄固定在墙面上的平面物体时，也可以参考上述的办法。

固定原稿

你可以在摄影室的墙面上将零号图板固定好（或更大的面积细木工板），固定的时候，可以用水平尺来校正，若图板的四个角不能与墙面同时靠定且垂直于地面，则需要在某一角加垫木片来达到要求。然后再将平整的冷轧薄钢板用胶粘或沉头螺丝来固定在图板的上面。这样，你就可以用小磁条将原稿吸压在上面。

有褶皱的稿件最好用平板玻璃压平后再拍摄，但你要将自己和相机置于被照明稿件的区域之外，相机位置的照度应远小于与被照明稿件区域的照度为好。不然，你就要弄一块黑色的、不反光的材料至于相机前，镜头从上面挖出的圆孔中伸出，这样你才可以避免影响复制效果的有害反光。

照明

可以用双灯照明，大件原稿用四至六只灯照明较好。光质软一点能使被摄平面照度较均匀些，光源应距离原稿 2 米远以外为好，并与原稿夹角为 45 度，特殊情况可以减少夹角到 20 度左右。要特别注意被摄物的反光情况，可以以相机为中点，摄影师面向被摄物分别向两侧移动，在看不到反光的前提下，移动的距离要远一点为好。

用入射光测光法测量被摄平面的照度是否均匀，现代的测光表测光读数精度可以达到 1/10 级光圈的精度，一般小于 1/3 级光圈的误差即可。

测定曝光参数

平面物体的拍摄在测定曝光值

时，可以用测量入射光的办法来量光，18%灰板测量法也非常好，只是稍微麻烦一点点。

在读取测光表的数据时，要注意读数的一致性，否则拍摄到的将是影响密度不均匀的图像。量光时可以测量平面物体的四个角和中间部位，经认真判读后可进行曝光。

被拍摄的平面物体有色调较深暗的，也有调子很明快的。对于前者可以适当增加 1/3 级至 1/2 级的补偿，可以较好的保证暗补层次，而后者则可以减少 1/3 级光圈，使高光部位的层次更加丰富。

正确选择复制胶片

复制胶片的型号：柯达的万利彩色中间负片 4112 散页片主要用于翻拍彩色照片和彩色透明片（正片、反转片）。柯达商业中间负片 4325 和 5325 适用于翻拍彩色透明片。

有关更详细的使用柯达的 4112/4325/5325 个专业复制胶片的内容，可以参考柯达专业摄影丛书《翻拍和复制》。

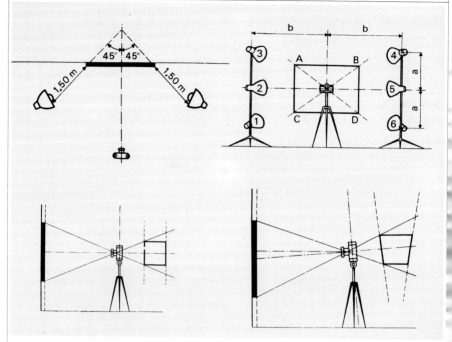

滤光片

当你拍摄应用的底片与照明色温不相符时，你就要用到滤光片；当你用到偏振镜时，你一定是遇到了反光影响了拍摄效果……。

那么，你再回顾和温习一下第3章第7节的内容好吗？

绘画作品的拍摄

绘画作品的准确复制是非常艰难的，并且一定要使用彩色反转片来复制，只有经验丰富的专业人员才能胜任这项工作。

当然，经验是积累起来的，下面我们就共同来看一下如何进行绘画作品的复制。

首先你要准备好下面的器材：

测光表　柯达的19级灰度阶梯尺和彩色导板　4到6只同型号的影室闪光灯　为闪光灯提供电源的稳压器　照相机。

在所复制的绘画作品底片中你可以看到阶梯尺和彩色导板的用法。

从图示中你能了解到对照明灯具的布光要求。

稳压器能将电网的波动减少到最小，对影响色温的关键因素有了保障。

在拍摄复制的过程中，被复制的稿件在接受照明的时候不能出现反光，不要因为照明的角度过小，导致油画作品的笔触阴影拉长而降低画面的可懂度，不能有成像的变形。

复制中布光的要求是要做到光

线非常均匀，你可以先用测光表测量日光、灯光的档位，用读取 EV 值的方法测量被摄画面光线的均匀程度，待认可后再用闪光灯测量档位读取光圈值。这样做速度快、节省你的闪光灯，但要求灯具的输出功率要相同，引导灯的亮度要相同。

画框最好要取下，框子的阴影会使你的拍摄失败。

对于画面反差极大的作品，可以按照暗部的区域来考虑曝光值，做括弧曝光是明智的办法。你若使用数码设备来拍摄，则可以用下面的两次曝光方法来拍摄：

第一次曝光按正常值进行，相机保持不动，第二次按暗部进行曝光。两次曝光的数码文件在 Photoshop 软件中进行合成，你可以用"橡皮擦"擦掉你认为不理想的图层，最后合层保存。

拍摄曝光之前，如果你的相机有反光镜预升装置的话，你最好将反光镜提升起来，这样做可以减少振动，提高拍摄精度，你这样做所得到的好处是：将拍摄之前影响拍摄效果的可能减少到最小。

第六章 经验与技巧

控制光比

眼睛是人们接收外部信息的重要器官，但在有的时候它有点不可靠。我们在拍摄布光控制光比的过程中，你一定不要相信你的眼睛所看到的效果，你要用点测光表来测量读取光比的信息。不然，当你看到冲洗出来的底片后，一定会感到失望。因为感光胶片对光线的敏感程度与人的眼睛并不完全相同，两者之间的特性曲线还是有较大的差异。所以在初学广告摄影的时候，要依靠测光表来分析读取的数据，至于眼睛观察到的效果，还是经验很丰富以后再说吧。

取景框

记得有一位摄影大师说过："你一定要学会从相机的取景框来观察你想拍摄的景观。"可我在棚内拍摄，刚开始布置的时候喜欢拿一个硬纸板制成的取景框，我用它在既定的位置来观察我的拍摄范围内的一切，而最后再将相机安放在我观察取景的位置。因为我觉得相机在刚开始布置拍摄场景的时候有点碍事，而硬纸板制成的取景框却极方便，你试试吗？

快加慢

我将闪光灯称之为"快"，钨丝灯和卤素灯称之为"慢"。在拍摄仪器设备的时候，用慢速加闪光的办法可以将设备上的发光指示灯拍摄得很好。具体地说，就是选一档慢速快门如1秒或B门，用无线遥控引发或用连线引发闪光灯。这样，慢速档拍弱光体，大功率的闪光灯拍整体。

配合慢速档的光源最好用蓝色片（舞台灯光用），将色温平衡到接近5600K，这样就可以很好地配合闪光灯的色温，达到完美兼顾两种光源的目的。一般来说，视发光二极管的亮度情况用1秒的曝光速度，光圈设在f11便可以很好地拍摄下来，要知道现在仪器设备上面用发光二极管来做指示灯是极其常见的。

啤酒瓶上的水珠

好多的广告片里面的啤酒瓶上都挂满了表现清凉效果的水珠，这些水珠是摄影师用喷雾器喷到酒瓶上面的。有两点情况需要提示：首先被拍摄的啤酒瓶要挑选最新的、没经过使用的。其二是喷到酒瓶上的"水"并不是单纯的水，而是调配而成的甘油与水的混合液体，在水里面加入甘油的目的是为了增加液体的粘度，从而使小水滴亮晶晶又圆圆的。甘油与水的混合比与喷射的压力、距离有关，你可以试验后得出配比。

酒瓶的光效

如图所示:a是一个面光源，b是挂在支架上面的两块黑色遮光板，c是硫酸纸，d是遮光板，e为酒瓶。其中a与b，b与c之间的距离是要视效果而定，挂在支架上面的两块黑色遮光板之间的距离也需要调整后决定。这个技巧里面的玄妙，你自己总结去吧，这样你会记得更牢固呢。

激光效果

你用一根白颜色的、透明的尼龙线，把它拉直，在较暗的背景条件下用侧逆光进行照明，你还可以在光源前面加用色片，以取得各种色彩的激光效果。镜头前面需要加用柔焦镜，光圈不要收得过小，以镜头的最大光圈收小两档即可，曝光组合需要试拍得出。一般可以用入射光测光法，测光奶白半球朝向光源方向，所测光值加半级就可以。

水平如镜

呈现在你面前的画面是在一个24寸的方盘中拍摄的，方盘中要加进足够的水，最主要的是要加进去黑黑的墨汁。

正负2.5EV值曝光法

彩色反转片的宽容度是5个EV值，当你的拍摄环境最亮与最暗的部分相差5级光圈时，你可以测量最亮的部位，以其读数值加上2.5级光圈；或你可以测量最暗的部位，以其读数值减掉2.5级光圈曝光之。超过了5个EV值的情景下，你就得加用光源来补偿了。

"有限层次"的应用：

所谓"有限层次"就是为了表现特定的效果而保持既定的影调区域。为了实现"有限层次"你就要有熟练的控光、布光的能力。"有限层次"的应用，完全靠曝光是不行的，只有在布光的过程中才能实现，曝光只是其中的一个环节罢了。

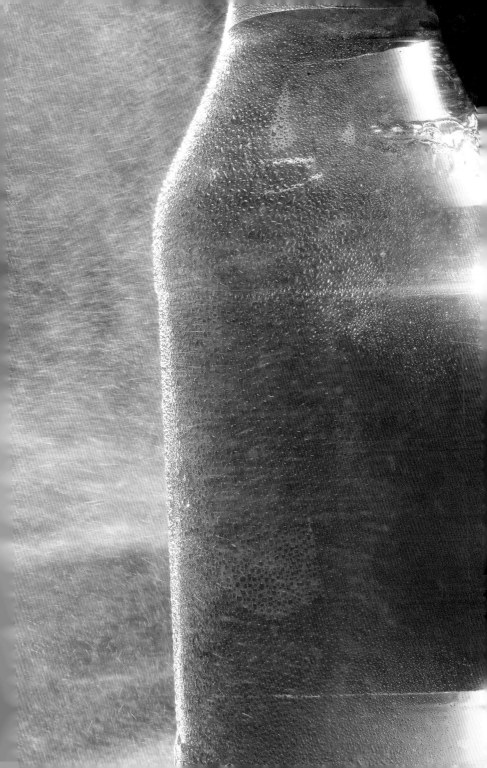

图书在版编目（ＣＩＰ）数据

广告摄影基础／沈小滨，裴肇瑞著．—上海：上海书店出版社，2005.1
ISBN 7-80678-345-8

Ⅰ.广... Ⅱ.①沈...②裴... Ⅲ.广告－摄影艺术－基本知识 Ⅳ.J412.9

中国版本图书馆CIP数据核字（2004）第127654号

广告摄影基础

著

沈小滨 裴肇瑞

责任编辑

那泽民

封面设计

润 泽

版式设计

赵天扬

技术编辑

吴 放

出版发行

世纪出版集团 上海书店出版社

地 址

200001 上海福建中路193号 www.ewen.cc

制版印刷

上海精英彩色印务有限公司

开 本

889×1094mm 1/32

印 张

4

印 数

1—4000

版 次

2005 年 1 月第一版

印 次

2005 年 1 月第一次印刷

书 号

ISBN 7-80678-345-8/J·182

定 价

25.00元